COMMENT S'EN METTRE PLEIN
LES POCHES EN ASIE MUTANTE

Mohsin Hamid est né en 1971 à Lahore, au Pakistan, et a vécu à Londres, à New York et en Californie. Ses deux premiers romans, *Partir en fumée* (prix Betty Trask et finaliste du prix PEN/Hemingway en 2000) et *L'Intégriste malgré lui* (finaliste du Man Booker Prize en 2007 et adapté au cinéma par Mira Nair en 2012), se sont vendus à plus d'un million d'exemplaires dans le monde et ont été traduits dans plus d'une trentaine de langues. De nouveau établi à Lahore depuis quelques années, il contribue régulièrement au *New York Times*, au *Guardian*, au *New Yorker* ou encore à la revue *Granta*. Son troisième roman, *Comment s'en mettre plein les poches en Asie mutante*, lui a valu d'être cité aux États-Unis comme « l'un des auteurs les plus inventifs et doués de sa génération » et fera l'objet d'une adaptation au cinéma par Guillermo Arriaga.

Paru dans Le Livre de Poche :

L'Intégriste malgré lui

MOHSIN HAMID

Comment s'en mettre plein les poches en Asie mutante

ROMAN TRADUIT DE L'ANGLAIS (PAKISTAN) PAR BERNARD COHEN

GRASSET

Titre original :

HOW TO GET FILTHY RICH IN RISING ASIA
Publié par Riverhead Books, 2013.

ISBN : 978-2-253-06842-6 – 1re publication LGF

À Zahra

1

Monter à la ville

Vois-tu, sauf quand c'est toi qui l'écris, un livre de développement personnel est une contradiction dans les termes. Si tu en lis un, c'est pour que quelqu'un qui n'est pas toi, en l'occurrence son auteur, puisse t'aider à te développer, et donc cela n'a plus rien de personnel. C'est vrai pour tout ce genre de littérature, les « comment éviter ceci » ou « comment réussir cela ». Certains disent même que cela s'applique aux livres de religion, mais comme d'autres soutiennent que ceux qui disent des choses pareilles devraient être cloués au sol et laissés se vider de leur sang tandis qu'une lame leur tranche lentement la gorge, il est plus sage de constater qu'il existe une divergence de vues sur cette sous-catégorie et de se hâter de passer à un autre sujet.

Rien de ce qui précède ne signifie que les livres de ce genre soient inutiles. Au contraire, ils peuvent être fort pratiques. Ce qui est simplement induit plus haut, c'est que la notion de « personnel » dans ce développement personnel est glissante. Et le glissant peut être bon. Donner du plaisir. Ce qui est glissant procure un accès à ce qui irriterait si pénétré à sec.

Le présent livre est donc un manuel de développement personnel. Ainsi qu'il est indiqué sur la couverture, son objectif est de te montrer comment s'en mettre plein les poches en Asie mutante. Et pour ce faire il doit te trouver roulé en boule et frissonnant sur la terre battue, sous la couche de ta mère, par un matin froid et embrumé de rosée. Ta détresse est celle d'un garçon à qui on a retiré son chocolat, dont les télécommandes sont à court de piles ou la trottinette cassée, qui s'est fait voler ses chaussures de sport toutes neuves… Tout cela est d'autant plus remarquable que tu n'as jamais vu une seule de ces choses de ta vie.

Le blanc de tes yeux est jaune, conséquence d'une forte hausse du taux de bilirubine dans ton sang. Le virus qui t'affecte s'appelle hépatite E. Son mode de transmission habituel est fécal-oral. Miam. Comme il ne tue qu'à peu près un malade sur cinquante, tu as de bonnes chances de guérir mais là, tout de suite, tu as l'impression que tu vas mourir.

S'étant trouvée dans cet état à maintes reprises, ou en tout cas dans des états similaires, ta mère ne pense pas que tu vas mourir. Ou peut-être que si. Peut-être qu'elle le craint. Tout le monde va mourir, de toute façon, et quand une mère telle que la tienne voit chez un troisième enfant comme toi la souffrance qui te fait gémir ainsi sous sa couche, peut-être qu'elle sent ta mort avancer de quelques décennies, retirer son foulard sombre et poussiéreux et entrer ici avec les cheveux flottants d'une intime et un sourire lascif, ici, dans cette pièce unique aux murs en torchis qu'elle partage avec tous ses rejetons survivants.

Ce qu'elle dit maintenant, c'est : « Ne nous laisse pas là. »

Ton père l'a déjà entendue formuler cette requête dans le passé, mais qu'il y soit habitué ne l'y rend pas complètement indifférent. Doté d'un appétit sexuel féroce, il pense souvent aux seins lourds de ta mère et à ses hanches robustes lorsqu'il est absent, et il continue à regretter de ne pouvoir entrer en elle chaque nuit au lieu de se contenter de trois ou quatre visites par an. Il apprécie également son sens de l'humour inhabituellement cru, et parfois sa compagnie. Par ailleurs, bien qu'il ne soit pas enclin aux démonstrations d'affection envers sa marmaille, il aimerait vous voir grandir, toi, ton frère et ta sœur. Son propre père retirait un plaisir considérable à contempler la poussée progressive des récoltes dans les champs : sur ce plan, et dans la mesure où la croissance du blé peut être comparée à celle des enfants, ils se ressemblent.

Il dit : « Je n'ai pas de quoi vous faire vivre en ville.

— On pourrait habiter avec toi dans les communs.

— Je partage ma chambre avec le chauffeur. C'est un enfoiré qui se masturbe, fume et pète sans arrêt. Les familles ne sont pas acceptées là-bas.

— Mais tu gagnes dix mille, maintenant ! Tu n'es pas un pauvre !

— À la ville, avec dix mille, tu es pauvre. »

Il se lève et sort. Tu le suis des yeux, ou plutôt tes yeux suivent ses sandales en cuir détachées à l'arrière dont les courroies distendues fouettent le sol, ses talons desséchés, calleux et durcis qui font penser à quelque crustacé. Il enjambe le seuil et part dans la cour à ciel ouvert autour de laquelle vit ta famille. Il est peu probable qu'il s'attarde à regarder l'unique arbre du lieu, qui dispense une ombre bienvenue en été mais qui là, au printemps, reste dégarni. Sans doute se rend-il sur la crête où il aime à déféquer, accroupi et énergiquement contracté afin d'expulser le contenu de son côlon. Il y sera peut-être seul, peut-être pas.

Derrière la crête, on trouve un fossé assez profond, de la hauteur d'un homme debout, au fond duquel coule un mince filet d'eau. En cette saison, le contraste entre les deux est grotesque, comme un détenu de camp de concentration squelettique glissé dans la tunique d'un chef pâtissier obèse. Ce n'est que brièvement, pendant la mousson, que le fossé se remplit, et encore, pas à ras bord, et encore, pas aussi régulièrement que dans le passé, à la merci de courants atmosphériques de plus en plus capricieux.

Les gens de ton village se soulagent en aval de l'endroit où ils font leur lessive, lui-même en aval de là où ils viennent boire. Plus haut, le village précédent en amont du tien fait pareil. Encore plus haut, là où l'eau sort des collines en un ruisseau rarement impétueux, elle sert en partie à assurer les besoins industriels d'une vieille usine textile toute rouillée et étriquée, en partie à drainer les rejets grisâtres et sentant le pet de la même fabrique.

Ton père est cuisinier. Il a beau connaître bien son métier et venir de la campagne, ce n'est pourtant pas quelqu'un d'obsédé par la fraîcheur ou la qualité des produits qu'il utilise. Cuisiner, pour lui, est une affaire d'épices et d'huile. Ses préparations brûlent la langue et bouchent les artères. Quand il vient ici et qu'il regarde à la ronde, il ne voit pas les feuilles délicates ou les petites baies velues qui feraient merveille dans une salade pétillante, ni les épis de blé qui, une fois broyés sous la pierre puis cuits au four, se transformeront en un délectable disque de pain. Ce qu'il voit, ce sont les sites d'un labeur épuisant qui se reproduit pendant des heures, des jours, des semaines, des années. Il voit le travail par lequel le paysan transforme le temps qui lui était donné à vivre dans ce monde en « un » temps qui lui est donné à vivre. Ici, dans les parfums enivrants du garde-manger de la nature, ton père ne renifle que la triste mortalité.

La plupart des hommes du village qui travaillent maintenant en ville reviennent certes pour la récolte du blé, mais il est encore trop tôt dans l'année pour cela, et ton père est ici en congé. Il passera néanmoins la matinée avec ses frères, à couper de l'herbe et du trèfle pour le fourrage. À nouveau il va s'accroupir, cette fois-ci une serpe à la main, et le mouvement de regrouper, trancher, relâcher, se dandiner en avant jusqu'à la prochaine touffe se répétera encore et encore, tandis que le soleil accomplira lui aussi sa trajectoire graduelle dans le ciel.

À côté de lui, une piste en terre déserte coupe les champs. Si jamais le propriétaire ou l'un de ses fils passent par là dans leur 4 × 4, ton père et ses frères porteront leurs mains jointes à leur front, s'inclineront très bas et détourneront les yeux. Dans ces contrées, croiser le regard d'un puissant constitue une audace aux conséquences incalculables depuis des siècles, voire depuis le commencement des temps. Récemment, pourtant, certains se sont mis à le faire, mais ils portent la barbe et gagnent leur vie dans les écoles religieuses. Ceux-là marchent la tête haute, le torse en avant. Ton père n'est pas l'un d'eux. En réalité, il éprouve presque la même antipathie envers ces barbus qu'envers les propriétaires, et pour la même raison : il les trouve aussi hautains et oisifs les uns que les autres.

Étendu sur le flanc, une oreille contre la terre battue, de ta perspective de lombric à peine érigé tu vois ta mère suivre ton père dans la cour. Elle donne à manger à la bufflonne attachée là-bas, remplissant l'auge en bois de fourrage coupé la veille et mélangé à de la paille, et la trait pendant qu'elle mastique, les jets de lait tintant dans le seau en fer-blanc. Quand elle a fini, les enfants de la famille, tes frère, sœur et cousins, emmènent paître l'animal, son bufflon et les chèvres. Tu entends siffler les branches dénudées dont ils se servent comme aiguillons, et puis ils sont partis.

Tes tantes quittent à leur tour les maisons, des pots en terre cuite sur la tête pour ramener l'eau, chargées de vêtements et de savon pour la lessive. Ce sont des tâches collectives, alors que le devoir de ta mère est solitaire. Elle toute seule, les autres ensemble : ce n'est pas un hasard. Elle se met à croupetons comme ton père l'est sans doute déjà, un balai sans manche au lieu d'une serpe dans la main, et sa routine, balayer, balayer puis avancer en canard, reproduit à peu près les gestes de ton père. Travailler accroupi est une économie d'énergie, c'est meilleur pour le dos et donc ergonomique, ce n'est pas douloureux mais, répétée pendant des heures, des jours, des semaines, des années, cette position légèrement inconfortable se répercute dans l'esprit comme des cris étouffés venus d'une salle de torture souterraine. Et cet inconfort est supporté indéfiniment, puisqu'il n'est jamais reconnu comme tel.

Ta mère balaie la cour sous le regard implacable de sa belle-mère. La vieille femme est assise à l'ombre, retenant le bord de son châle dans sa bouche pour dissimuler non pas ses attributs tentateurs mais ses dents manquantes, et il y a dans ses yeux une désapprobation inextinguible. Dans la colonie familiale, ta mère est jugée vaniteuse, arrogante, forte tête, et ces accusations font mouche parce qu'elles sont toutes justifiées. Ta grand-mère lance à ta mère qu'elle a oublié de balayer un coin. Comme elle est édentée et garde le tissu entre ses lèvres, on dirait qu'elle crache plutôt qu'elle ne parle.

Les deux femmes jouent à un jeu de patience : la plus vieille attend que l'autre vieillisse, la plus jeune attend que son aînée meure. C'est un jeu auquel l'une et l'autre gagneront inévitablement. En attendant, ta grand-mère fait étalage de son autorité dès qu'elle en a l'occasion, et ta mère de sa robustesse. Les autres femmes du clan auraient peur d'elle, n'était la présence rassurante des hommes. Dans une société uniquement composée de femmes, ta mère atteindrait certainement le statut de reine, un gourdin ensanglanté dans la main et des crânes défoncés à ses pieds. Ici, elle n'est parvenue au mieux qu'à dissuader les provocations ; isolée comme elle l'est au sein de sa communauté, même ce résultat n'est pas une mince victoire.

Ce qui reste inexprimé entre ton père et ta mère, c'est qu'avec dix mille par mois il pourrait, certes difficilement, l'emmener avec les enfants à la ville. Ce serait ardu, mais pas impossible. Jusqu'à présent, il a réussi à envoyer la plus grande partie de son salaire au village, où cet argent est partagé entre ta mère et le reste du clan. Si elle et vous, les enfants, partiez vivre avec lui, cet afflux régulier se réduirait à un modeste goutte-à-goutte qui, à l'instar de l'eau dans le fossé, ne se gonflerait que pendant les deux mois de festivités, l'époque où il pourrait espérer une prime et n'aurait pas de dettes à éponger.

Tu observes ta mère tandis qu'elle coupe en rondelles un long radis blanc et le met à bouillir sur un brasero. Le soleil a depuis longtemps congédié la rosée et même toi, effondré sous la couche de ta mère, tu n'as plus froid. Tu te sens faible, cependant, la douleur dans tes entrailles te donne l'impression qu'un parasite est en train de te dévorer vivant, et donc tu ne résistes pas quand ta mère soulève ta tête et glisse une cuillerée de son élixir entre tes lèvres. Il a une odeur de rot qui te donne la nausée, comme des remontées gastriques, mais puisque tu n'as rien en toi que tu puisses vomir, tu l'avales sans problème.

Puis tu restes étendu sans bouger, petit campagnard atteint par la jaunisse qui a du jus de radis coulant des commissures de la bouche, formant une petite flaque de boue sur la terre battue, pour qui l'idée de s'en mettre plein les poches est une perspective hors de portée. Garde foi, pourtant : tu n'es pas aussi démuni que tu en as l'air. Ton grand moment est sur le point d'arriver. Oui, ce livre va bientôt t'offrir un choix.

L'instant décisif survient quelques heures plus tard. Le soleil s'est couché et ta mère t'a hissé sur le lit pliant où tu gis enroulé dans une couverture même si la soirée est chaude. Les hommes sont rentrés des champs et toute la famille, sauf toi, a dîné dans la cour. La porte est ouverte, tu entends un narguilé glouglouter et tu vois ses braises rougeoyer tandis que l'un de tes oncles inhale par le tuyau.

Tes parents sont debout devant la couche, les yeux baissés sur toi. Demain, ton père regagnera la ville. Il réfléchit.

« Ça va aller ? » te demande-t-il.

C'est la première question qu'il t'adresse depuis son arrivée, peut-être la première phrase dont il t'a directement gratifié en plusieurs mois. Tu souffres, tu es effrayé, donc la réponse est évidemment « non ».

Pourtant, tu murmures : « Oui. »

Et c'est ainsi que tu prends ton destin entre tes mains.

Ton père enregistre ton croassement et hoche la tête. Il se tourne vers ta mère : « C'est un enfant solide. Celui-là.

— Il est très solide », confirme-t-elle.

Tu ne sauras jamais si c'est ta réponse qui a amené ton père à modifier la sienne, mais ce même soir il annonce à ta mère qu'il a décidé qu'elle et les enfants le suivront à la ville.

Ils scellent leur accord en copulant. Au village, le sexe n'est une affaire privée que lorsqu'il est consommé dans un champ ; à la maison, aucun couple ne dispose d'une chambre pour lui seul. Tes parents partagent la leur avec leurs trois enfants encore en vie, mais il y fait tellement sombre que presque rien n'est visible. De plus, ton père et ta mère restent presque entièrement vêtus. Ils ne se sont jamais dénudés pour s'unir, pas une seule fois.

Agenouillé, ton père dénoue le cordon de son pantalon flottant. Allongée par terre sur le ventre, ta mère fait pivoter son pelvis et ouvre elle aussi son vêtement, puis elle tend la main en arrière et le manipule, un geste ferme et décidé qui n'est pas sans évoquer la traite de la bufflonne le matin, mais il est déjà prêt. Elle se met à quatre pattes. Il la pénètre, s'appuyant d'une main au sol et plaquant l'autre sur un sein, alternativement pour le pétrir et pour s'y raccrocher lorsqu'il pousse en avant. Bien qu'ils cherchent à étouffer le moindre son, le grondement des muscles tendus, la collision des chairs, la respiration saccadée et la succion hydraulique restent très audibles. Les autres enfants et toi dormez, ou faites semblant de dormir, jusqu'à ce qu'ils aient terminé. Ensuite, tes parents te rejoignent sur la couche, épuisés, et ils se perdent dans leurs rêves en quelques minutes. Ta mère ronfle.

Un mois plus tard, tu es déjà suffisamment rétabli pour te retrouver avec ton frère et ta sœur sur le toit du bus surchargé qui emmène à la ville ta famille et une soixantaine d'autres passagers entassés à l'intérieur. S'il se renverse alors qu'il tangue dangereusement sur la route, coupant les virages dans une folle compétition avec des rivaux tout aussi bondés à qui ramassera le groupe de passagers suivant sur cette ligne, la probabilité de ta mort, ou du moins de grave mutilation, est extrêmement élevée. Ce sont des choses qui arrivent, quoiqu'il soit plus fréquent qu'elles n'arrivent pas. Mais aujourd'hui, c'est ton jour de chance.

Accroché aux cordes qui parviennent assez bien à maintenir les bagages sur ce véhicule, tu es témoin d'une évolution temporelle qui dépasse de très loin son équivalent chronologique. De même qu'au cours d'un voyage dans les montagnes il suffit d'une soudaine inflexion de la route vers le nord pour passer de la jungle subtropicale à la toundra pré-arctique, quelques heures sur un autobus quittant le fin fond de la campagne pour un centre-ville résument des millénaires.

Juché en haut de ton convoyage qui crache une fumée d'encre et penche périlleusement à tribord, tu observes les changements avec ébahissement. Les routes de terre cèdent la place au macadam, les ornières deviennent moins fréquentes et disparaissent presque, le flot des voitures kamikazes arrivant en sens inverse est remplacé par la paix imposée de la double voie séparée. L'électricité fait son apparition, d'abord allusive quand tu glisses sous un défilé solennel de géants à haute tension, puis plus insistante sous la forme de câbles qui pendent au même niveau qu'un passager juché sur le toit d'un autobus de chaque côté de la route, et enfin dans les feux de circulation, les enseignes de magasins et les imposants, splendides panneaux publicitaires. Les constructions évoluent du torchis à la brique, de la brique au béton, avant de s'élancer à la hauteur inimaginable de quatre étages, voire cinq.

À chacune de ces merveilles successives, tu te dis que tu es arrivé à destination, que rien ne peut la définir mieux que ce que tu aperçois, et chaque fois tu découvres que tu t'es trompé, jusqu'à ce que tu cesses de penser et que tu t'abandonnes à ces vagues de miracles qui déferlent sur toi à l'instar des fronts de pluie apparemment sans fin pendant la mousson, du moins sans fin jusqu'à ce que cela finisse, brutalement, que le bus s'arrête dans un ultime bringuebalement et que tu sois définitivement, irrévocablement arrivé.

Dès que tes parents, frère et sœur débarquent de cette équipée, tu personnifies l'une des grandes mutations de notre époque : alors que ton clan était jadis innombrable – non pas infini mais d'un nombre difficile à déterminer –, vous êtes désormais cinq. Cinq. Les doigts de la main, les orteils d'un pied, une minuscule formation si on la compare à des bancs de poissons, à des nuées d'oiseaux ou, précisément, à des tribus humaines. Dans l'évolution historique de la famille, toi et des millions d'autres migrants comme toi représentez une prolifération continuelle d'ordre nucléaire. C'est là une transformation explosive, quand les liens solidaires, étouffants et stabilisants de la famille élargie se relâchent et cèdent, générant insécurité, anxiété, productivité et potentialité.

Partir à la ville est le premier pas pour s'en mettre plein les poches en Asie mutante, et tu viens de l'accomplir. Félicitations. Ta sœur se retourne pour te regarder. De sa main gauche, elle retient l'énorme ballot de vêtements et d'affaires diverses en équilibre sur sa tête, pendant que la droite se crispe sur la poignée d'une valise craquelée et bosselée qui avait probablement été mise au rebut par son premier propriétaire du temps où votre père venait de voir le jour. Quand elle sourit et que tu lui souris en retour, vos visages sont deux menus ovales rassurants au milieu d'un monde par ailleurs méconnaissable. Tu te dis que ta grande sœur essaie ainsi de t'encourager. Il ne te vient pas à l'esprit, toi qui es encore si petit, que c'est elle qui a besoin de soutien, qu'elle te cherche du regard non pour te réconforter mais pour le réconfort que toi, son petit frère récemment rescapé, es capable de lui apporter en cet instant de grande vulnérabilité.

2

Faire des études

Le nombre d'ouvrages entrant dans la catégorie des livres de développement personnel est impressionnant. Par exemple, pourquoi persistes-tu à lire ce roman étranger encensé de toutes parts et fantastiquement ennuyeux, te traînant de page en page – « que ça s'arrête, par pitié ! » – à travers une prose lente comme la poix et une prétention stylistique embarrassante, sinon par envie de comprendre des contrées lointaines qui, mondialisation oblige, ont de plus en plus d'impact sur ta vie ? Quelle est-elle, cette pulsion, sinon le désir de développement personnel ?

Et que dire des autres romans, ceux que tu apprécies et dévores avec avidité, enchanté par leur intrigue, ou par leur langue, ou par leur profondeur, ou par la quantité de scènes de sexe aussi gratuites qu'explicites ? Ceux-là sont également des versions du livre de développement personnel. Ils t'aident au moins à passer le temps, or c'est de temps que toute personne est faite. Il en va de même pour les récits qui ne sont pas de la fiction, et plus encore pour les essais qui n'en sont pas non plus.

On pourrait dire en vérité que tous les livres, sans exception, se présentent au lecteur comme une forme d'aide au développement personnel. Les livres scolaires, ces catins sans vergogne, comptent parmi les plus effrontés à assumer cet aspect, et c'est chargé de l'un deux que toi-même en cet instant, après déjà plusieurs années passées à la ville, es en train de marcher dans la rue.

Ta ville ne se présente pas tel un organisme unicellulaire, un noyau prospère entouré d'une suppuration de taudis. Elle manque des transports publics suffisants pour déplacer ses travailleurs deux fois par jour ainsi qu'une telle structure l'exigerait. Elle manque aussi, depuis la fin de la colonisation plusieurs générations auparavant, d'une autorité municipale assez puissante pour déposséder de leurs biens immobiliers un nombre suffisant d'individus. En conséquence, ici, le pauvre côtoie le nanti. Des quartiers riches ne sont souvent séparés que par un boulevard d'usines, de marchés, de cimetières, et à leur tour ceux-ci des zones déshéritées par un simple égout à ciel ouvert, une ligne de chemin de fer, un étroit passage. L'ensemble en forme de triangle dans lequel tu vis est délimité par ces trois éléments, ce qui n'est pas exceptionnel.

Parvenant à ta destination, tu aperçois un édifice passé à la chaux avec une plaque indiquant son nom et sa fonction. C'est ton école, coincée là entre une échoppe de réparation de pneus et un kiosque de carrefour qui tire l'essentiel de ses revenus de la vente de cigarettes. Jusqu'à l'âge de douze ans environ, lorsque renoncer à un salaire supplémentaire représente un coût significatif pour une famille, la plupart des enfants de ton quartier arrivent à être scolarisés. La plupart, cela ne veut pas dire tous : à cet instant, un garçon de la même taille que toi travaille torse nu dans l'échoppe, et il te suit d'un regard insistant.

Dans ta classe, il y a cinquante élèves et des chaises pour trente, de sorte que les autres s'assoient par terre ou restent debout. Vous êtes instruits par un unique professeur aux joues creuses, cracheur incessant de jus de bétel et possible tuberculeux. Aujourd'hui, il vous fait répéter vos tables de multiplication en un ânonnement mécanique puisque son outil pédagogique de prédilection, et même exclusif, est la mémorisation par cœur sous la contrainte. Les éléments de son esprit qui ne contrôlent pas directement les tissus et les articulations de son organe vocal vagabondent loin, très loin de la salle.

Ton professeur chantonne : « Dix fois dix, cent. »

La classe ânonne à son tour.

Il chantonne : « Onze fois onze, cent vingt et un. »

La classe répète.

Il chantonne : « Douze fois douze, cent trente-quatre. »

Une voix téméraire s'élève : « Quarante-quatre ! »

Un silence chuchotant s'ensuit. Cette voix, c'est la tienne. Tu t'es exprimé sans penser aux conséquences, ou du moins sans y penser suffisamment.

Le professeur demande : « Qu'est-ce que tu as dit ? »

Tu hésites mais ce qui est fait est fait, il n'y a pas moyen de revenir en arrière.

« Quarante-quatre. »

La menace latente adoucit sa voix : « Pourquoi tu as dit ça ?

— Douze fois douze, ça fait cent quarante-quatre.

— Tu me prends pour un idiot ?

— Non, professeur. J'ai cru que vous aviez dit "cent trente-quatre". Je me suis trompé. Vous avez dit cent quarante-quatre. Je demande pardon, professeur. »

La classe entière sait pertinemment qu'il n'a pas dit « cent quarante-quatre ». Ou peut-être pas la classe entière, une grande partie des élèves étant alors en train de rêvasser à des cerfs-volants ou des fusils d'assaut, ou encore de rouler des crottes de nez en petites boules entre leur pouce et leur index. Mais certains savent ce qui s'est passé, et tous savent ce qui va maintenant se passer, même s'ils ignorent quelle forme précise cela va prendre. Et donc ils observent la scène avec une fascination horrifiée, tels des phoques sur un rocher regardant le grand requin blanc remonter vers la surface sous l'un des leurs qui nage à quelques brassées de là.

Vous avez presque tous été punis par votre professeur, dans le passé, et toi, l'un des élèves les plus brillants de la classe, tu t'es exposé à certaines de ses punitions les plus sévères. Si tu tentes en général de dissimuler ton savoir, ton naturel bravache prend parfois le dessus et s'exprime en dépit de ta volonté, comme à l'instant, et ensuite le prix à payer est lourd. Aujourd'hui, le professeur plonge une main dans la poche de sa tunique, où il garde un peu de sable ou plutôt de petit gravier, et il t'attrape par l'oreille, le gravier sur ses doigts ajoutant un effet abrasif à la pression gigantesque qu'ils exercent, de sorte que non seulement ils pincent cruellement le lobe mais attaquent aussi la peau et le laissent légèrement ensanglanté. Tu réprimes un cri, refusant cette satisfaction à ton bourreau qui dès lors en profite pour faire durer la torture.

Ton professeur ne voulait pas être enseignant mais releveur de compteurs pour la compagnie d'électricité. Les releveurs de compteurs n'ont pas à supporter des moutards en permanence, ils travaillent relativement peu et, plus important encore, ils ont davantage d'occasions de se livrer à la corruption, ce qui les rend à la fois plus prospères et plus respectés par la société. Ce n'est pas que réaliser ce rêve était hors de portée, puisque son oncle travaillait à ladite compagnie ; seulement, la seule place de releveur de compteurs que ce dernier était en mesure de caser est revenue, ainsi qu'invariablement tout ce que la vie offre de plus désirable, à son frère aîné.

Donc, ton professeur, après avoir échoué de peu à l'examen final de secondaire mais réussi à faire falsifier les résultats, s'est rabattu sur le poste qu'il occupe actuellement grâce à son faux diplôme, à un pot-de-vin représentant soixante pour cent de sa première année de salaire futur et à un bon contact dans les bas échelons de l'administration de l'éducation publique en la personne d'un cousin. Il n'est pas précisément quelqu'un qui voue son existence à l'enseignement. En fait, il hait positivement son métier. Il en a honte. Cela étant, il garde la crainte, ténue mais non négligeable, de perdre son travail si son subterfuge est un jour découvert, ou du moins d'être amené à verser un dessous-de-table encore plus considérable pour conserver son poste, et cette peur, complétée par la durable déception que son sort lui procure et par sa conviction, pas entièrement infondée, que le monde est profondément injuste, s'exprime dans la dose de violence quasi quotidienne qu'il inflige à ses disciples. Avec chacun de ses coups, se dit-il, il aide l'éducation à pénétrer dans une autre caboche endurcie.

Pénétration et éducation, voilà deux notions entremêlées dans nombre d'existences autour de toi. Celle de ta sœur, par exemple. À ton retour à la maison, tu la trouves secouée de sanglots. Ces derniers temps, elle oscille avec une fréquence alarmante entre des crises de larmes aussi abondantes que supposément refoulées et des airs de supériorité sarcastique. Là, c'est dans le premier état qu'elle se présente à toi.

Tu dis : « Quoi encore ?

— Va chier, petit con ! »

Tu secoues la tête. Tu te sens trop faible pour riposter de manière appropriée, et surtout trop fatigué pour être sûr que tu pourras esquiver l'une de ses gifles rapides comme l'éclair.

Elle perçoit que tu n'es pas dans ton assiette, et demande : « Qu'est-ce qui est arrivé à ton oreille ?

— Le prof.

— L'enfoiré. Viens par ici. »

Tu vas t'asseoir près d'elle, elle passe un bras autour de toi et te caresse les cheveux. Tu fermes les yeux. Elle renifle une ou deux fois, mais pour l'heure elle a cessé de pleurer.

Tu lui demandes : « Tu as peur ?

— Peur ? se récrie-t-elle avec un rire forcé. C'est lui qui devrait avoir peur de moi ! »

Celui auquel elle se réfère est le cousin au deuxième degré de ton père, de dix ans plus âgé qu'elle, à qui elle est désormais promise. Sa première épouse étant récemment décédée en couches, après deux fausses couches précédentes, la famille n'a pas perdu de temps pour lui en trouver une autre.

« Est-ce qu'il a toujours cette moustache pas possible ?

— Qu'est-ce que j'en sais ? Ça fait des années que je ne l'ai pas vu.

— Elle est énorme, sa moustache.

— Tu sais bien ce qu'on dit à propos de la taille de la moustache.

— Non, quoi ?

— Laisse tomber.

— Donc, tu as peur ?

— De quoi ?

— Je ne sais pas… De partir. Moi, j'aurais très peur de retourner au village tout seul.

— Parce que tu es encore un petit garçon, alors que moi je suis une femme.

— Tu es une fille.

— Non, une femme.

— Une fille !

— Je saigne chaque mois. Je suis une femme.

— Tu es dégoûtante !

— Peut-être. » Elle sourit. « Mais je suis une femme. »

Et là, elle te surprend. Elle fait quelque chose que tu associes aux femmes faites et confirmées, pas à un mince brin de fille comme ta sœur : elle chante. D'une voix douce et puissante, elle chante un air que les mères de ton village chantent à leurs nouveau-nés, que votre mère a chanté à chacun de vous. C'est comme une berceuse mais c'est un air plus entraînant, une chanson qui n'est pas conçue pour endormir un bébé mais pour l'assurer de la présence toute proche de sa mère pendant qu'une occupation la retient hors d'atteinte ou de vue. Voilà des années que tu ne l'as pas entendue et elle sonne de façon étrange maintenant, venue de la bouche de ta sœur, curieusement apaisante et dérangeante à la fois. Tu te laisses aller contre elle pendant qu'elle chante, sentant son corps prendre et perdre du volume comme le soufflet d'un harmonium.

Quand elle a terminé, tu proposes : « Allons jouer au jeu de la rivière.

— D'accord. »

Vous quittez la pièce que partage la famille, de la même taille que celle au village mais avec des murs en briques plutôt qu'en torchis et suspendue dans un équilibre précaire au troisième et dernier étage d'un immeuble étroit et chancelant. Après avoir dévalé l'escalier, vous courez vers une petite allée retirée, un renfoncement à vrai dire, donnant sur la rue mais circonscrite par des façades sur trois côtés. Il y a là un monticule d'ordures, et derrière, un caniveau.

Regardant par le zoom d'un satellite de reconnaissance orbitale, un observateur remarquerait là deux enfants dont le comportement l'intriguerait. Il ou elle noterait qu'ils manifestent une prudence inutile en s'approchant de ce caniveau, comme s'il y avait là non pas un modeste filet d'excréments d'une viscosité variable mais un torrent bondissant. De plus, bien que cette coulée peu profonde puisse être franchie d'un petit saut à pieds joints, ces enfants se tiennent sur chaque rive dans une attitude précautionneuse, les mains en pavillon autour de la bouche comme s'ils se criaient quelque chose à une grande distance l'un de l'autre. Étant visiblement parvenus à un accord, l'un d'eux ramasse un bout de métal, un rayon de roue de bicyclette, semble-t-il, et fait mine de s'en servir comme d'une canne à pêche, même s'il n'y a pas de fil, ni d'appât, ni aucune chance d'attraper quoi que ce soit ici. La fille, elle, repêche un long lambeau de carton d'emballage déchiqueté et le brandit à plusieurs reprises en direction du caniveau. Pourfend-elle des tortues translucides ? Repousse-t-elle des crocodiles invisibles ? Il est difficile de deviner le motif de ses mouvements frénétiques. Soudain, elle s'accroupit et mime l'action d'allumer un feu de camp. Le garçon la hèle depuis sa rive. Elle lui lance un coin de son foulard.

Tu saisis fermement le tissu, qui entre tes doigts devient la corde dont tu vas te servir pour traverser la rivière à gué. Avant que tu n'entreprennes le passage, cependant, le charme se rompt brutalement. Tu as vu le regard de ta sœur changer, tu le suis et tu constates qu'une fenêtre auparavant fermée s'est ouverte. Un homme grand et chauve surgit dans l'embrasure, dévorant ta sœur des yeux. Elle te reprend son foulard, en jette un pan sur sa tête, drape l'autre sur ses petits seins.

« On rentre », dit-elle.

Peu après l'arrivée de votre famille en ville, ta sœur s'est mise à faire des ménages, le salaire de ton père n'arrivant pas à suivre le rythme de l'inflation rampante de ces derniers temps. On lui avait annoncé qu'elle pourrait reprendre des études quand ton frère, le puîné des enfants survivants, serait en âge de travailler. En quelques mois, elle avait démontré plus d'enthousiasme dans une salle de cours que votre frère pendant toutes ces années. Il vient de trouver un emploi de manœuvre sous les ordres d'un peintre et, en conséquence, il a été retiré de l'école, mais ta sœur n'y sera pas remise à sa place : cette opportunité-là est passée, le mariage est son avenir. Il a été décidé qu'elle serait pénétrée.

Quand vous revenez dans la pièce, ton frère est assis, épuisé, une fine poussière de peinture blanche sur la peau à nu des avant-bras et du visage, ainsi que sur les cheveux. On croirait un maquillage d'acteur ; il fait penser à un garçon sur le point de monter en scène pour jouer un quinquagénaire dans une pièce de la troupe de théâtre du collège. Il vous regarde d'un œil morne et tousse.

« Je te l'avais dit, tu ne devrais pas fumer, profère votre sœur.

— Je ne fume pas », proteste-t-il.

Elle le renifle. « Si.

— Le patron fume et je suis avec lui toute la journée… »

La vérité, c'est que ton frère a déjà fumé en plusieurs occasions, mais il n'aime pas particulièrement cela et il n'a pas touché à une cigarette de la semaine. Par ailleurs, la raison de sa toux n'est pas le tabac mais les effluves de peinture qu'il inhale.

Chaque matin, ton frère traverse la voie ferrée en empruntant le passage à niveau s'il est ouvert et sinon, dans le cas où le train n'avance pas trop vite, en courant à toutes jambes en compagnie des gamins pour qui ceci est un jeu. Il prend un bus qui le conduit au centre-ville construit à l'européenne, vieux d'un siècle et donc ni vraiment ancien ni vraiment récent, à l'échelle de l'histoire de la cité. Passant entre les tables d'un vendeur de thé, il parvient à un espace qui fut jadis un jardin public en forme de trapèze mais dont l'urbanisation sauvage a envahi toutes les entrées, le transformant en une cour entièrement cernée de maisons et d'échoppes.

Cet endroit est un modèle de diversification planifiée, ou plutôt non planifiée. Les étages supérieurs de ces édifices bâtis sans permis abritent des familles et des artisans, les chambres d'un hôtel miteux, des ateliers de tailleurs ou de brodeurs et des bureaux, dont deux sont occupés par deux détectives privés grisonnants qui, plus que concurrents, se haïssent mutuellement et que l'on peut souvent surprendre en train de s'observer l'un l'autre par leurs fenêtres respectives de chaque côté de la cour. Au rez-de-chaussée, les façades donnant sur l'extérieur du quadrilatère accueillent des magasins et des gargotes, tandis qu'à l'intérieur sont regroupées diverses activités dont la nocivité sonore, olfactive, visuelle ou chimique est peu appréciée dans un quartier à forte densité démographique comme celui-ci, et qui ont donc préféré se dissimuler partiellement dans la cour.

L'artisan pour lequel ton frère travaille est un spécialiste de la peinture au pistolet. Leur journée va être consacrée à réaliser la commande passée par un décorateur d'intérieur extrêmement coté. Ton frère commence par décharger une minuscule camionnette à plateau sur lequel s'empilent les éléments d'une bibliothèque sur mesure qui doivent encore être peints et assemblés. Il les transporte avec grand soin, procédant par petits sauts laborieux en raison de leur poids pour retraverser la terrasse du vendeur de thé, retourner dans la cour et atteindre l'auvent de l'atelier du peintre. Ensuite, il fixe au plafond en tôle ondulée de longues bandes de plastique en guise de rideaux destinés à empêcher les pulvérisations de voler sur d'autres objets déjà peints et attendant d'être livrés. Il protège les lampes halogènes et les interrupteurs en métal brossé déjà intégrés à la future bibliothèque en scotchant des feuilles de journal dessus. Sur les instructions de son patron, il soulève de lourds bidons pour préparer le mélange de peinture et d'apprêt, puis va brancher la rallonge alimentant le compresseur du pistolet. Suant à profusion dans cette cage dépourvue de ventilation où règne une chaleur infernale, il reste debout derrière le peintre pendant que celui-ci entreprend d'exécuter des centaines de passes en ligne droite à la surface des étagères et des montants en bois, répétition de gestes machinaux qui fait penser à un robot sur une ligne d'assemblage de voitures, mais avec un peu moins de précision et considérablement plus de jurons. Toutes les deux minutes, ton frère se hâte de répondre aux grommellements qui lui enjoignent d'essuyer une coulure, de déplacer l'échelle, d'aller chercher de l'eau ou un bout de pain, de reconnecter des fils électriques avec du ruban adhésif isolant.

Le travail de ton frère n'est pas sans ressemblance avec la condition d'astronaute ou, si l'on veut être plus prosaïque, de plongeur. Il s'accompagne lui aussi du sifflement constant de l'air sous pression, de la sensation de flotter, de soudains maux de tête et de nausées, de la pénibilité qui résulte toujours de la fusion d'un être organique à une machine. Cela étant, alors qu'un cosmonaute ou un aquanaute découvrent de nouveaux univers défiant l'imagination, lui ne voit qu'un brouillard monochrome d'intensité variable.

Sa tâche exige de la patience et la capacité de supporter une sensation d'angoisse latente, deux qualités qu'il a acquises par la force des choses. En théorie, elle demanderait également une certaine protection, sous la forme de lunettes de travail et de masques respiratoires, mais il est clair qu'ils sont jugés ici superflus puisque ton frère et son patron se contentent de se nouer un chiffon en coton léger autour de la bouche et du nez. D'où la toux ci-devant mentionnée, à court terme, et à plus longue échéance des conséquences qui risquent d'être graves. Mais enfin il a sa paie de manœuvre, il apprend un métier qui pourra lui être utile un jour, et puis de toute façon, comme chacun sait, à partir d'un certain stade, tout ce que l'on fait a une conséquence fatale.

Pendant que ta mère prépare le dîner – une soupe de lentilles enrichie de quelques rondelles d'oignons, non parce qu'elle les aime particulièrement mais parce qu'ils semblent donner plus de substance au brouet et qu'ils étaient à bas prix ce matin au marché –, tu ne donnes pas l'impression d'être un enfant heureux. Après tout, ton oreille écorchée est plus visiblement douloureuse que l'expression dans les yeux de ta sœur ou le résidu de peinture sur la peau de ton frère. Et néanmoins tu as de la chance. La chance d'être le cadet.

Recevoir une éducation correcte constitue un bond vers l'objectif de s'en mettre plein les poches en Asie mutante. Ce n'est pas un secret. Comme beaucoup de choses désirables, toutefois, la richesse n'est pas atteignable uniquement parce que l'on a eu une bonne formation : il y a des bifurcations sur la voie de la prospérité qui n'ont rien à voir avec nos choix, nos désirs ou nos efforts, des fourches qui ne sont déterminées que par le hasard, et dans ton cas l'ordre de naissance en est une. Être le troisième enfant, cela signifie que tu ne retourneras pas au village, que tu ne seras pas le grouillot d'un peintre au pistolet. Cela induit aussi que tu n'es pas, à l'instar du quatrième, un squelette minuscule dans une petite tombe au pied d'un arbre.

Ton père rentre alors que vous avez fini votre repas. Il a dîné avec les autres domestiques là où il est cuisinier. Tout le monde se regroupe autour du poste de télévision familial, emblème de votre aisance urbaine. La télé est alimentée par un branchement illégal sur le réseau public d'électricité, un câble qui descend le long de la façade de votre immeuble. C'est un appareil archaïque, un simple tube cathodique noir et blanc derrière un écran trop bombé et fâcheusement ébréché, qui ne peut capter que quelques chaînes locales, mais il fonctionne et, réduite au silence par la fascination, ta famille ne perd pas une miette de l'émission de variétés qu'il retransmet.

À la fin du programme, le générique défile. Tandis que ta mère n'y voit qu'une succession de hiéroglyphes incompréhensibles, ton père et ta sœur reconnaissent un numéro de temps en temps, ton frère parvient à déchiffrer un mot de-ci de-là. Cette partie de l'émission n'a de sens que pour toi seul : tu comprends qu'elle est là pour établir qui est responsable de quoi.

L'heure venue, l'électricité est coupée dans votre quartier et votre unique ampoule nue s'éteint. Une bougie a été allumée pour les préparatifs du coucher, et bientôt ta mère étouffe sa flamme entre ses doigts. La pièce est maintenant sombre mais non pas obscure, les lueurs de la ville se glissant à travers les fentes des persiennes, tranquille mais non pas silencieuse car tu entends un train ralentir quand il passe sur les rails non loin. Comme tu as toujours le sommeil profond, et même si tu partages un lit de sangles avec lui, la toux de ton frère ne te dérange pas une seule fois de toute la nuit.

3

Ne pas tomber amoureux

Nombreux sont les livres de développement personnel qui te proposent des conseils pour tomber amoureux, ou plus exactement pour faire en sorte que l'objet de ton désir tombe amoureux de toi. Ce livre-ci, que les choses soient claires, n'entre pas dans cette catégorie. Quand il est question de s'en mettre plein les poches, en effet, l'amour peut se révéler un handicap. Certes, la poursuite de l'amour et celle de la richesse ont de nombreux points communs : toutes deux ont le potentiel d'inspirer, de motiver, de stimuler et de tuer. Toutefois, alors qu'il est prouvé que parvenir à être titulaire d'un compte en banque éléphantesque attire de très beaux spécimens physiques prêts à donner toute leur affection en échange, atteindre l'amour a tendance à produire l'effet inverse : c'est un état qui tempère le feu dans le moteur à vapeur de l'ambition, privant d'une propulsion décisive la remontée à contre-courant déjà pénible vers le cœur du succès financier.

Il est donc inquiétant que, parvenu au milieu de tes années d'adolescence, tu aies le béguin pour une jolie fille. Elle ne serait pas belle si l'on s'en tenait aux critères traditionnels : chez elle, point de teint laiteux, de tresses noir corbeau, de généreuse poitrine ou de doux visage en forme de lune. Sa peau est plus sombre que la moyenne, ses cheveux et ses yeux plus clairs, si bien que ces trois éléments combinés offrent une teinte de brun étonnamment similaire. Il en résulte un aspect général que l'on pourrait dire fumeux, comme si elle avait été dessinée au fusain. En outre, elle est grande, svelte et plate, ses seins de la taille de deux petites mangues flétries, ainsi que l'a remarqué ta mère avec mépris.

« Un garçon qui veut niquer un truc pareil, dit-elle, c'est qu'il veut niquer un autre garçon. »

Peut-être. Mais tu n'es pas le seul à admirer cette jolie fille. En fait, une légion d'adolescents comme toi se retournent pour la regarder quand elle passe, sa démarche allègre tranche autant dans ton quartier qu'un modèle en bikini dans une école religieuse. C'est sans doute une affaire de génération : vous autres, contrairement à vos pères, vous avez grandi à la ville, bombardés par les images que ressassent la télévision et les panneaux publicitaires. Dans l'espace urbain, la fertilité excessive relève du passif, non de l'actif historiquement tant prisé à la campagne, où l'on cultivait plus que l'on n'achetait ce que l'on mangeait et où même les mains les plus inexpertes pouvaient toujours fournir du travail, quoique là-bas aussi cette ère tire à sa fin.

Quelle qu'en soit la raison, la jolie fille est l'inspiratrice d'une grande quantité de désir, d'anxiété et de fébrilité masturbatoire. Et elle semble éprouver pour sa part un relatif degré d'intérêt envers toi. Si tu as toujours été un solide petit gars, tu es maintenant dans une forme physique impressionnante, en partie conséquence d'un régime quotidien de pompes avec les pieds sur le sofa, de tractions dans la cage d'escalier, d'exercices des bras et du dos avec des briques dans les mains, mouvements que t'a appris l'ex-culturiste professionnel, qui s'est reconverti sur le tard en porte-flingue et vit sur le même palier. Et l'autre raison de cette musculature peu commune, c'est ton travail nocturne de livreur de DVD.

À ton quartier succède une rangée d'usines, puis un marché à la frontière d'une partie plus chic de la ville. Parmi les boutiques, qui encerclent une rotonde, il y en a une qui vend des vidéos. Sombre, toujours mal éclairée, à peine assez large pour accueillir trois clients à la fois, deux de ses murs sont entièrement couverts d'affiches de cinéma, un troisième supportant une unique étagère de DVD sommairement emballés, tous vendus au même prix, le double de celui d'un disque enregistrable dans le commerce. Inutile de préciser qu'il s'agit de films piratés.

Compte tenu des goûts fragmentés de sa clientèle, le propriétaire ne garde exposés qu'une centaine de titres connus, mais il a compris que la multiplication des demandes pour des films qui ne se vendent qu'à un ou deux exemplaires par an pouvait être lucrative et il a donc installé dans son arrière-boutique une connexion à haut débit, un graveur de disques et une imprimante couleur de qualité photographique. Grâce à cet équipement, on peut lui commander à peu près n'importe quel titre, et se faire livrer le jour même.

C'est là que tu interviens. Le tenancier de la boutique a divisé son territoire de livraisons en deux zones : la première, dans un rayon de quinze minutes en vélo, est assurée par son livreur junior, toi ; pour la seconde, qui couvre à peu près tout le reste de la ville, il compte sur son employé senior, capable de franchir des distances impressionnantes sur sa motocyclette. Le salaire de ce dernier est le double du tien, et ses pourboires beaucoup plus substantiels, car même si ton travail est nettement plus fatigant, un homme à moto est tout de suite perçu comme un argument commercial autrement plus significatif qu'un ado à bicyclette. C'est injuste, peut-être, mais au moins n'as-tu pas à rembourser ton véhicule par traites mensuelles à un prêteur d'argent sinistrement balafré et dangereusement intraitable.

Ta vacation est de six heures, de sept heures du soir à une heure du matin, avec de courtes périodes d'intense activité suivies de longues attentes, alternance qui t'a permis de cultiver à la fois ta rapidité et ton endurance. C'est une occupation qui t'a également donné l'occasion de croiser toutes sortes d'individus, femmes comprises, ces femmes des quartiers huppés qui n'ont aucun problème à venir te rencontrer seules sur le pas de leur porte, enfin, seules si l'on ne tient pas compte de leurs gardiens, de leurs chauffeurs et de leurs jardiniers toujours vigilants, et à te poser maintes questions, la plupart du temps sur la qualité du son et de l'image mais aussi, parfois, pour te demander si c'est un bon film ou non. Le résultat, c'est que tu connais maintenant des noms d'acteurs et de réalisateurs du monde entier, que tu sais quels films comparer à tels autres, et ce même quand il est question d'acteurs, de réalisateurs et de films que tu n'as pas toi-même vus, parce qu'il n'y a finalement pas un nombre illimité de temps morts pendant lesquels tu peux regarder ce qui passe sur l'écran de la boutique.

La jolie fille travaille au même marché. Son père, ivrogne et joueur invétéré que l'on ne verra pratiquement jamais à la lumière du jour, envoie sa femme et sa fille regagner ce qu'il a perdu la nuit précédente ou perdra celle qui vient. La jolie fille est employée dans un salon de coiffure où elle apporte les serviettes, prépare les teintures, sert le thé, balaie les cheveux au sol et masse la tête, le dos, les fesses, les cuisses et les pieds de femmes de tous âges qui soit sont riches, soit espèrent en avoir l'air. Elle offre également des rafraîchissements aux hommes qui attendent leur épouse ou leur maîtresse dans les voitures dehors.

Sa journée de travail se termine à peu près au moment où la tienne commence, et comme vous habitez dans des rues adjacentes, vous vous croisez souvent en partant ou en revenant. Quand cela n'arrive pas pendant un certain temps, tu passes devant le salon en poussant ta bicyclette pour l'apercevoir à l'intérieur. De son côté, elle semble absolument fascinée par la boutique de vidéo, fixant intensément les affiches et les pochettes de DVD, qui changent fréquemment. Elle ne te regarde pas, certes, mais quand vos yeux se rencontrent, elle ne détourne pas les siens.

Il y a des semaines où tu ne la rencontres pas en allant au travail, où tu ne la vois pas en déambulant devant le salon de coiffure, et alors tu te demandes où elle a pu passer. Elle a peut-être un jour de congé flottant, en plus de celui où le salon est fermé ; après tout, de tels privilèges ne sont pas complètement inconnus, ici.

Un soir d'hiver, alors qu'il fait déjà sombre et que vous tombez l'un sur l'autre dans le passage sans lumières qui est un raccourci entre deux usines, elle t'adresse la parole :

« Tu t'y connais beaucoup, en films ? »

Tu descends de ton vélo. « Je connais tout. »

Sans ralentir sa marche, elle demande : « Tu peux m'avoir le meilleur ? Celui qui a le plus de succès ?

— Bien sûr. » Tu fais demi-tour pour lui emboîter le pas. « Tu as un appareil pour le regarder ?

— J'en aurai un. Et arrête de me suivre. »

Tu piles sur place comme si tu étais parvenu au bord d'un précipice.

Cette nuit-là, un DVD est discrètement dérobé à la boutique. Tu le dissimules sous ta tunique le lendemain mais la jolie fille n'est nulle part en vue, ni sur le chemin du travail, ni au salon de coiffure. Ce n'est que le jour suivant qu'elle surgit, son foulard posé négligemment sur la tête en une concession méprisante aux us et coutumes de ton quartier, comme toujours quand elle sort dans la rue. Elle marche avec peine, encombrée d'un grand sac en plastique contenant un combiné téléviseur-lecteur DVD dans son carton.

« Où tu as eu ça ? lui demandes-tu.

— Un cadeau. Et mon film ?

— Le voilà.

— Mets-le dans le sac. »

Tu obtempères. « Ça a l'air lourd. Je peux t'aider ?

— Non. D'ailleurs, tu es pareil que moi. Maigre.

— Je suis très fort.

— Je n'ai pas dit que tu ne l'étais pas. »

Elle poursuit sa route sans rien ajouter, pas même un remerciement. Le reste de la soirée, tu te tourmentes : d'accord, tu as parlé à deux reprises à la jolie fille, mais elle n'a pas donné la moindre indication qu'elle avait l'intention de t'adresser encore la parole. De plus, comme le dilemme entre les avantages d'être mince et ceux d'être robuste te préoccupe depuis un temps, sa remarque a touché une corde sensible.

Quand tu demandes au culturiste reconverti en flingueur pourquoi, malgré tes exercices réguliers, ton physique ne ressemble en rien au sien sur les photos de ses meilleures compétitions, il le met sur le compte de ton régime alimentaire. Pas assez de protéines, selon lui.

« Et puis tu es encore jeune, ajoute-t-il en s'adossant au chambranle de sa porte et en tirant sur un joint pendant qu'une fillette s'accroche à sa jambe. T'atteindras pas ton maximum avant quelques années. Mais t'inquiète. T'es un dur, et pas seulement de là... » Il tapote ton biceps, que tu gonfles subrepticement sous la tunique. « De là aussi. » Il pose un doigt entre tes yeux. « C'est pour ça que les autres garçons font gaffe avec toi, en général.

— Pas parce qu'ils savent que je te connais ? »

Il te lance un clin d'œil. « Pour ça aussi. »

Il est vrai que tu t'es taillé une redoutable réputation dans les bagarres de rue qui éclatent régulièrement entre les ados de ton quartier, mais la question des protéines reste un souci. C'est pourtant une période assez faste, pour ta famille : avec une bouche en moins à nourrir depuis que ta sœur a regagné le village, et trois gagne-pain puisque tu as rejoint ton père et ton frère sur le marché du travail, le revenu par tête dans ton foyer atteint un niveau jusqu'ici inégalé.

Il n'empêche que les protéines demeurent un luxe inabordable. On ne sert du poulet chez toi qu'en de très rares occasions, tandis que la viande rouge est une extravagance réservée aux grandes festivités comme les mariages, les hôtes économisant pendant des années à l'avance. Certes, les lentilles et les épinards sont des éléments constants de ton alimentation, mais les protéines végétales n'ont pas la même valeur que les animales. Après avoir remboursé ses dettes et effectué des donations à moult parents pauvres, ta famille ne peut se permettre qu'une douzaine d'œufs par semaine, soit quatre chacun pour ta mère, ton frère et toi, ainsi qu'un demi-litre de lait par jour, ta part équivalant à un demi-verre.

Ces derniers mois, néanmoins, tu t'es secrètement laissé aller à une petite folie qui t'inspire une cuisante culpabilité mais à laquelle tu tiens passionnément, à savoir l'achat quotidien d'un carton de lait d'un quart de litre. Cela constitue dix pour cent de ton salaire, soit exactement le montant d'une augmentation récente dont tu as négligé d'informer ton père. Chaque semaine, la dépense entraînée par ce supplément lacté équivaut aussi plus ou moins au prix que les clients de ton employeur sont disposés à payer pour se faire livrer un seul DVD piraté, donnée qui tantôt te fait bouillir d'indignation devant pareille aberration économique, tantôt te soulage en relativisant la gravité du vol commis envers ta famille : au final, la somme d'argent dépensée quotidiennement ne représente qu'un quartier de disque en plastique pas plus large que le pouce.

Le lendemain soir, tu es encore en train de songer à la complexité de ta situation en matière d'apport de protéines lorsque tu croises la jolie fille dans le même passage. Cette fois, elle s'arrête, sort le DVD que tu lui avais donné et le plaque sur ton torse sans un mot.

« Quoi, tu n'as pas aimé ?

— Si, j'ai aimé.

— Tu peux le garder. C'est un cadeau. »

Ses traits se durcissent. « Je ne veux pas de cadeau de toi !

— Pardon.

— Tu as un téléphone ?

— Oui.

— Donne-le-moi.

— Eh bien, c'est que c'est un portable du travail et… »

Elle éclate de rire. C'est la première fois que tu la vois ainsi et tu te dis qu'elle a l'air jeune. Ou plutôt, comme elle l'est en réalité mais qu'elle semble en général plus âgée, tu penses que rire lui rend son âge véritable.

« T'inquiète, dit-elle, je ne vais pas m'en aller avec ! »

Tu lui tends l'appareil. Elle entre un numéro. Une seule sonnerie retentit dans son sac avant qu'elle ne coupe la communication.

« Maintenant, tu as mon numéro, dit-elle.

— Et tu as le mien. » Tu as essayé d'adopter un ton aussi détaché que le sien ; tu ne sais pas si tu y es parvenu, mais le fait est qu'elle est déjà repartie.

En raison de la nature de ton occupation et de la nécessité de pouvoir te joindre à tout moment pendant tes tournées, ton employeur t'a confié un téléphone portable. Il s'agit d'un modèle bon marché et de troisième main, mais il t'inspire une fierté considérable. Comme tu es responsable des appels sortants, tu ne gardes en général que le crédit minimum sur ton compte, mais ce soir tu te hâtes d'aller acheter une carte d'appel bien garnie, en prévision.

Seulement, le coup de téléphone tant attendu ne se produit pas, et quand c'est toi qui essaies de l'appeler, elle ne répond pas.

Tout penaud, tu accomplis le reste de tes livraisons sans aucun enthousiasme. C'est seulement à la fin de ta tournée, après minuit, qu'elle se manifeste.

« Salut, dit-elle.

— Salut.

— Je veux un autre film.

— Lequel ?

— Je ne sais pas. Parle-moi de celui que je viens de voir.

— Tu veux le regarder encore une fois ? »

Elle rit. Deux fois en une soirée. Tu es ravi.

« Mais non, idiot ! Je veux savoir plus de choses dessus.

— Comme quoi ?

— Comme tout ! Qui sont les acteurs ? Dans quoi d'autre ils ont joué ? Qu'est-ce que les gens disent quand ils en parlent ? Pourquoi il a du succès ? »

Tu lui expliques, donc. Au début, tu t'en tiens à ce que tu sais, mais comme tes connaissances sont limitées et qu'elle en demande plus, tu continues par des extrapolations que tu crois plausibles, et quand elle te presse encore plus de questions, tu te risques carrément à improviser, jusqu'à ce qu'elle te dise qu'elle en a suffisamment entendu.

« Alors, il y a combien de vrai dans tout ça ? lance-t-elle.

— Moins de la moitié. Mais une partie quand même. »

Elle rit à nouveau. « Un garçon honnête !

— Où sont tes parents ?

— Pourquoi ?

— Eh bien… parce qu'ils te laissent parler au téléphone à une heure pareille…

— Mon père est sorti. Ma mère dort.

— Et elle ne se réveille pas en t'entendant ?

— Je suis sur le toit. »

Tu considères cette information. L'image d'elle seule sur une terrasse dans la nuit te coupe le souffle. Avant que tu n'aies pu trouver un commentaire pertinent, elle reprend :

« J'en prends un autre demain. Tu choisis. Mais un film connu, hein ? »

C'est ainsi que naît un rite qui va durer plusieurs mois. Vous vous rencontrez sur le chemin du travail et, sans échanger un seul mot, tu lui remets un DVD ou elle te rend celui qu'elle a juste fini de visionner. Et plus tard, la nuit, vous parlez. Tu as d'abord l'impression d'être un professeur discourant sur un sujet que tu maîtrises à peine, mais comme tu ne lui donnes que des films que tu as déjà vus en partie, tu es au moins capable de formuler des opinions personnelles. Rapidement, tu te rends compte qu'elle remplit pour toi les trous dans l'intrigue, qu'elle te raconte même toute l'histoire du film, et vos échanges sont toujours plus enrichissants, voire plus animés. Ta note de téléphone pourrait être accablante, engloutir tous tes pourboires, mais elle insiste pour que ce soit elle qui appelle à chaque fois, si bien que tu ne dépenses rien. Elle a aussi fixé pour règle que vous ne parliez ni de vous, ni de vos familles respectives.

Le père de la jolie fille est un sténographe expérimenté qui depuis un certain temps déjà n'a rien sténographié, ni exercé aucune autre activité rémunérée. Il a toujours eu un faible pour les cartes et l'alcool de contrebande, vices restés dans son cas mineurs en raison de son manque chronique de liquidités. Sa dégringolade a commencé quand son employeur, le patron d'une petite fabrique de bouteilles en plastique, a revendu son affaire et récompensé son équipe par des primes plus ou moins substantielles ; comme il avait été en contact quotidien avec lui, le père de la jolie fille a bénéficié d'une générosité particulière, recevant plus d'un an de son modeste salaire en un seul versement final. Il n'a jamais retravaillé depuis lors.

Une journée dans la vie du père de la jolie fille commence typiquement quand il va se coucher, généralement à l'aube, pour ne se lever qu'à la tombée de la nuit ou même plus tard. Après avoir extorqué tout l'argent possible à sa femme et à sa fille, il se rend à son bar favori, un établissement clandestin tenu par des immigrés illégaux africains qui change sans cesse de localisation dans le quartier, rouvrant dans une nouvelle arrière-salle insoupçonnable chaque fois que la police, en dépit de l'intense graissage de patte consenti par les tenanciers, estime que la pression exercée sur elle par les activistes religieux nécessite de procéder à sa tapageuse fermeture. Il boit seul jusqu'aux alentours de minuit, quand la partie commence ; là, il s'enferme dans la remise aux volets fermés où ses amis, qui pour certains lui ont infligé de sérieuses raclées dans le passé – lesquelles, entre autres conséquences, l'ont rendu désormais incapable de plier trois des doigts de sa main gauche –, lui distribuent ses cartes. Présentement, il doit une somme non négligeable à un truand local, un type revêche qu'il ne peut décidément pas appeler son ami, et il joue dans l'espoir de regagner ce montant ainsi que dans l'appréhension de ce qui arrivera s'il n'y parvient pas.

Son épouse, la mère de la jolie fille, souffre d'une arthrose aussi aiguë que précoce, ce qui l'a conduite à embrasser la profession de passeuse de serpillière, la seule qu'elle ait pu trouver lorsque les circonstances l'ont contrainte à se joindre, relativement tard dans sa vie, aux cohortes de travailleuses non qualifiées, et qui, dans sa condition physique particulière, constitue un pur supplice. Elle ne parle plus à son mari, presque plus à la jolie fille si l'on excepte les glapissements occasionnels qui peuvent s'entendre d'un bout de leur rue à l'autre, et se fait passer pour muette à son travail. Elle ne s'adresse qu'à la force divine, pour exiger qu'elle la soulage de ses souffrances, et comme elle le fait en public, marmonnant de façon inintelligible et apparemment pour elle-même tandis qu'elle se traîne sur ses jambes déficientes, on la prend en général pour une folle.

La jolie fille, ce n'est pas une surprise, projette de s'échapper du carcan familial. Elle gagne beaucoup plus que sa mère au salon de coiffure et cède sans objection l'entièreté de son salaire à ses parents. Toutefois, il se trouve qu'un certain nombre de photographes de mode assez obscurs ont recours aux services du salon dans le cadre de leurs activités et elle a donc été exposée à cet univers, au point d'avoir été requise comme assistante coiffeuse ou maquilleuse pour quelques séances à petit budget. C'est ainsi qu'elle est devenue la maîtresse du chef de marketing d'une certaine marque de shampooing. Il affirme reconnaître sa capacité à devenir mannequin, lui promet de tout mettre en œuvre dans ce but, et entre-temps lui offre des cadeaux et de l'argent. Ce sont ces sommes que la jeune fille a mises de côté sans rien en dire ni à ses parents, ni au bonhomme en question, et elle les voit comme la clé de sa future indépendance.

En échange, le chef de marketing exige des faveurs physiques. Au début, il s'est agi de baisers et de l'autorisation de pétrir le corps de la jolie fille, puis la fellation a été requise, suivie de la sodomie, pratique qu'elle a sincèrement crue, à la surprise jubilatoire de l'intéressé, susceptible de l'aider à préserver sa virginité. Les mois passant, toutefois, elle en est venue à douter de la rationalité de l'argument et elle a fini par lui autoriser aussi la pénétration vaginale.

L'excitation et la satisfaction initialement générées par cette relation, quelles qu'elles aient pu être, sont depuis longtemps parties en fumée. Le seul et unique but de la jolie fille est d'obtenir les fonds suffisants pour être en mesure de louer un logement à elle, et elle est désormais sur le point de l'atteindre. Elle conserve également l'espoir mesuré que le chef de marketing tiendra sa promesse de faire apparaître son visage dans quelque publicité et de la présenter à d'autres professionnels qui pourraient l'aider dans sa carrière, mais comme elle n'est pas tombée de la dernière pluie, elle a aussi pris langue avec certains des photographes qui ont recours à son salon de beauté, et plus d'un l'a assurée très éloquemment que son avenir était tout tracé.

Ce que la jolie fille discerne avec une grande clarté, c'est qu'elle devra sauter un fossé culturel et social considérable pour s'immiscer ne serait-ce que dans la périphérie du monde de la mode. C'est ce qui a généré son intérêt pour le cinéma, et pour toi. En chemin, cependant, elle a découvert qu'au-delà de leur valeur informative elle prenait un réel plaisir à regarder ces films et même, encore plus étonnant, à bavarder avec toi. En toi, elle a trouvé un ami, quelqu'un qui rend moins intenable sa vie dans un quartier qu'elle déteste et que vous avez en commun.

Et elle est consciente de ce que tu éprouves pour elle, malgré tout. Elle l'a compris à la façon dont tu la regardes, chaque fois que vous vous croisez dans ce passage obscur. Ses sentiments à ton égard, se répète-t-elle, sont très différents : elle pense à toi avec une véritable tendresse, comme à un petit frère même si vous avez le même âge et que tu n'es pas du tout son frère. Et elle trouve que tu as vraiment de beaux yeux.

Oui, elle sait qu'il se passe quelque chose. Elle est heureuse de ces échanges téléphoniques avec toi, plus heureuse qu'à d'autres moments de sa vie. Elle apprécie le dessin de ton corps et ta façon de te tenir. Elle est égayée par ton comportement, touchée par l'attention que tu lui voues. Tu es une porte qui ouvre sur une existence qu'elle ne désire pas, mais même si la pièce à laquelle elle donne accès lui répugne, la porte elle-même s'est gagné une part de son affection.

Et donc, avant de quitter le quartier pour de bon, elle t'appelle au téléphone. Cela n'a rien d'exceptionnel, mais ce qu'elle te dit, en revanche, l'est.

« Viens.

— Où ?

— Rejoins-moi sur le toit.

— Maintenant ?

— Maintenant.

— Où… où c'est ?

— Tu sais très bien où c'est. »

Tu ne perds pas de temps à le nier. Tu es passé devant sa maison plein de fois, un nombre de fois incalculable. Tous les garçons du coin savent où elle habite. Même s'il reste une heure avant la fin de ta tournée, tu sautes sur ton vélo et tu appuies de toutes tes forces sur les pédales.

Tu escalades le coin de l'immeuble en surveillant chacun de tes gestes, passant d'un muret à un rebord de fenêtre, d'une corniche à une autre, le plus discrètement possible. Quand tu arrives tout là-haut elle ne te parle pas et toi, habitué comme tu l'es à tant de livraisons silencieuses, tu ne dis rien non plus. Elle te déshabille, t'étend sur le carrelage du toit, retire à son tour ses vêtements. Tu la regardes révéler son corps, et tu es encore sous le choc de sa nudité quand elle s'agenouille sur toi et t'enfourche. Tu restes immobile, les bras raidis sur les flancs. Elle te chevauche lentement. Au-dessus d'elle, tu aperçois les lumières clignotantes d'un avion en approche, deux ou trois étoiles assez brillantes pour percer la pollution urbaine, des câbles électriques plus sombres sur le ciel vaguement lumineux de la nuit. Elle te dévisage intensément, et tu soutiens son regard jusqu'à ce que la pression s'intensifie tellement qu'elle t'oblige à détourner les yeux. Elle se retire avant que tu n'éjacules et te termine à la main.

Une fois rhabillée, elle annonce avec un petit sourire : « Je m'en vais. »

Elle disparaît dans l'escalier. Tu ne l'as pas embrassée. Vous ne vous êtes même pas parlé.

Le lendemain, elle est partie. Tu le sais avant même de ne pas la croiser sur le chemin de ta tournée, la rumeur se répandant rapidement dans le quartier qu'elle s'est déshonorée en s'enfuyant avec celui qui l'a déflorée. Tu es dévasté. Tu es le genre d'homme qui découvre l'amour à travers son pénis. Tu crois que la première femme avec qui tu fais l'amour doit être aussi la dernière. Heureusement pour toi, et pour tes perspectives financières, elle-même voit son deuxième homme tout simplement comme celui qui se trouve entre le premier et le troisième.

Il y a des moments où les courants qui entraînent vers la prospérité arrivent à t'emporter, quand bien même tu te débats des bras et des jambes dans la direction opposée.

Un soir, pendant le dîner, ta mère traite la jolie fille de salope. Tu es tellement en colère que tu quittes la pièce sans finir ton œuf, et sans capter que dans sa voix par ailleurs cinglante flotte une nuance de nostalgie, voire d'admiration.

4

Éviter les idéalistes

Avec leur prétention à sublimer le chétif être humain et à reformuler les simples définitions en concepts largement abstraits, les idéaux ne sont-ils pas par nature dirigés contre l'ego ? Il en résulte que tout livre de développement personnel prêtant allégeance à un quelconque idéal est probablement une supercherie. Certes, il y en a beaucoup de ce genre, et certes il est possible que certains d'entre eux aident effectivement à l'affirmation de la personne, mais le plus souvent ce sera celle de l'auteur, non la tienne, et en conséquence tu ferais bien de les ignorer, notamment si s'en mettre plein les poches figure en tête de tes priorités.

Ce qui est vrai des livres de développement personnel l'est aussi des gens, fatalement : de même qu'il vaut mieux éviter ce type d'ouvrages quand ils suent l'idéalisme, il est préférable de tenir à distance les personnes qui manifestent la même inclination. De tels idéalistes ont tendance à proliférer autour des campus universitaires, environnement favorable à des esprits jeunes, impressionnables, insatisfaits et rongés par l'ambition, des individus qui, s'ils étaient des figures de légende et non les fils et filles de l'Asie contemporaine, encore boutonneux et adeptes du sport mais non de l'hygiène corporelle, s'empresseraient de pourfendre des dragons et de soumettre de mauvais génies, et qui, en d'autres termes, représentent en fait l'incarnation humaine idéale du terme « pigeon ».

Il était sans doute prévisible que tu sois toi-même exposé à de tels idéalistes d'université, et c'est en effet ce qui est arrivé. À cet instant, tu es assis sur un lit étroit et bosselé dans une pension qui a été entièrement annexée par les membres de ton organisation, de même qu'un gang peut prendre possession de toute une zone urbaine. Ton chef de résidence fait son sac pendant que tu lui parles. C'est un homme massif, aussi large que haut, doté d'une abondante pilosité faciale qui a viré prématurément au gris et prolifère sur des traits aplatis de boxeur.

« Où ça, tu dis ? te demande-t-il.

— Derrière le bâtiment des sciences astronomiques.

— Combien ils sont ?

— Quatre. Des première année, je crois.

— Et tu es sûr que c'était du hasch ?

— Certain.

— On s'en occupe dès que je reviens. »

Vous dégoulinez de sueur, tous les deux. Une panne d'électricité a privé de ventilateur la pièce qui, déjà étouffante en temps normal, prend maintenant des allures de four en argile alimenté au charbon de bois. Entrés par le canevas déchiré et jamais réparé qui est censé couvrir les fenêtres, les moustiques pullulent. Tu en écrases un occupé à se gorger du sang de ton avant-bras au moment où le chef de la résidence glisse un revolver dans son sac en toile et remonte la fermeture éclair.

Même si tu peinais à te sortir du lit le lendemain de nuits passées à livrer des DVD, ton père a tenu mordicus à ce que tu achèves tes études secondaires. Il s'était résigné au constat qu'ici, en ville, la virilité est indissociablement liée à l'éducation. Baraqué comme il est, ton père a passé sa vie professionnelle sous les ordres d'employeurs qu'il aurait volontiers boxés, ligotés et dépossédés de leurs biens matériels en quelques minutes si le monde avait été propice au banditisme à mains nues, et il a depuis longtemps compris que ceux-ci tiraient leur force de deux attributs qui lui faisaient défaut, une éducation supérieure et un népotisme effréné : n'étant pas en mesure de garantir le second à ses enfants, il a fait tout son possible pour qu'au moins l'un d'entre vous acquière le premier.

Néanmoins, l'université n'était pas une perspective évidente pour un garçon issu d'un milieu tel que le tien. Le népotisme ne se limite pas à ses aspects les plus ouvertement grossiers et prétentieux, aux « mon-fils-a-tous-les-droits » : souvent, il se cache sous des oripeaux plus subtils, par exemple la façon de s'habiller, ou un certain accent dans l'élocution. Malgré la référence de tes bulletins scolaires et la connaissance d'une vaste palette de styles et de poses que le cinéma t'avait apportée, il t'était impossible de dissimuler que, fondamentalement, tu étais un fils de domestique. Aucune invitation à des soirées spéciales ou à des virées en voiture rutilante ne t'attendait. Ni même la satisfaction de partager une cigarette avec une demi-douzaine d'anciens camarades sur le perron du campus, puisque tu étais le seul de ton école à t'être frayé une voie jusqu'ici.

Aussi subventionnée par l'État qu'elle puisse être, ton université capte merveilleusement la musique des espèces sonnantes et trébuchantes. Il suffit d'un petit versement pour que les surveillants de salle d'examen prétendent ne pas voir qui copie sur son voisin ; un peu plus, et quelqu'un peut être assis à ta place pour rédiger ta dissertation ; encore un peu plus et il n'y a même plus besoin d'écrire quoi que ce soit, la feuille d'examen restée vierge se transformant miraculeusement en copie récoltant la meilleure note.

Et donc, tu t'es laissé pousser la barbe et tu t'es enrôlé dans une organisation. Quand tu quittes la réunion à grandes foulées avec ton chef de résidence, les autres étudiants évitent ton regard. Personne ne t'observe avec curiosité alors que tu empoignes ta bicyclette, spectacle pourtant inhabituel sur un campus où tous ceux qui ne disposent pas de leur propre moyen de locomotion motorisé optent pour l'autobus. Si la touffeur et l'étendue de la ville se sont alliées pour discréditer le pouvoir de la pédale parmi les universitaires, tu as gardé de ton ancien emploi l'habitude de te déplacer ainsi, et tu apprécies toujours l'occasion de faire de l'exercice.

Comparé à la plupart de tes condisciples, tu prends tes études au sérieux. Tu es aussi plus résistant, moins facilement effrayé, et donc meilleur que la majorité d'entre eux dans une rixe. Nombre de dirigeants de ton organisation approchent la quarantaine, et ils ont ostensiblement fréquenté cette université pendant presque autant d'années que tu en comptes toi-même. Sur ce point, tu n'as pas l'intention de suivre leurs traces mais il est incontestable que tu te délectes de la nervosité dans laquelle ta seule vue plonge maintenant les étudiants issus de familles plus riches et les administrateurs corrompus.

Comme toutes les organisations, la tienne est avant tout une entreprise économique. Ce qu'elle vend, c'est du pouvoir. Environ trente mille étudiants fréquentent ton université et, ajoutés à ceux des autres établissements d'enseignement supérieur de la ville, tous ces jeunes gens représentent une formidable masse susceptible d'envahir les rues, une démonstration de force devant laquelle les lois, les politiques et les discours qu'ils récusent ne peuvent que trembler. Les partis politiques cherchent à canaliser cette vague dans des succursales étudiantes, et ton organisation est l'une d'elles.

En échange de ton affiliation, tu reçois une aide financière mensuelle en liquide, tu es habillé, nourri et tu disposes d'un lit à la pension. Elle t'octroie également une protection permanente, non seulement vis-à-vis des autres étudiants mais aussi des responsables universitaires, d'éléments extérieurs au campus et même de la police. Alors que tu pédales à travers les rues de la ville, tu sais que tu n'es plus un être isolé et déshérité, une proie facile pour les prédateurs sociaux, qui sera puni d'une claque si un accident impliquant ton vélo et une voiture se produit, quand bien même tu n'en serais pas responsable. Non, tu appartiens maintenant à quelque chose de plus grand, quelque chose de juste ; quelque chose qui, si nécessaire, peut se révéler d'une extrême férocité.

En roulant, tu aperçois la jolie fille sur un grand panneau publicitaire. Elle pose pour une marque de jeans. Elle constitue un groupe de trois jeunes avec une autre fille et un garçon, ces derniers collés dos à dos et se présentant de flanc à l'objectif, ce qui te donne l'impression qu'ils forment un couple alors que la jolie fille, debout elle aussi, se tient un peu à l'écart d'eux, peut-être pour indiquer qu'elle n'est pas fiancée. Cette image gigantesque réveille des émotions contradictoires en toi. Comme toujours, tu es frappé par sa beauté, et tu es heureux de pouvoir la contempler à nouveau. Tu as appris par les ragots du quartier qu'elle s'est séparée de l'homme avec qui elle s'était enfuie, et cette composition que tu as devant les yeux, suggérant qu'elle est maintenant libre, t'est agréable. Par ailleurs, tu ressens également la morsure de la perte, d'autant plus douloureuse que le numéro de portable qu'elle t'avait donné a été désactivé aussitôt après son départ, que tu ne lui as plus jamais parlé et que tu ne l'as jamais revue en chair et en os.

La jolie fille est finalement parvenue à son objectif : avoir un logement à elle, en l'occurrence une chambre dans un appartement qu'elle partage avec une chanteuse et une actrice, deux femmes dont la trajectoire et la situation ne sont pas très différentes des siennes. Le chef de marketing a été oublié et elle est maintenant engagée dans une relation intermittente avec un photographe, un type à cheveux longs qui conduit une coûteuse motocyclette et que d'aucuns affirment être bisexuel. La jolie fille gagne modestement sa vie en travaillant pour des magazines ou dans des défilés, mais elle reste un modèle aux tarifs plutôt bas, ne s'étant pas encore « fait un nom », comme on dit dans le métier. À cet instant, à peine réveillée et ayant sauté l'heure du déjeuner, elle est debout devant sa fenêtre, tirant sur une cigarette mentholée et contemplant des nuages épars que la poussière ensanglante.

Sous ces mêmes nuages, tu mets maintenant pied à terre. Tu as été rappelé à la maison par ton père parce que ta mère ne se sent pas bien. Comme ta sœur est à nouveau enceinte, elle n'a pas pu venir, mais ton frère est là avec son épouse. Le renflement disgracieux de sa gorge embarrasse autant ta mère qu'il l'inquiète.

« Si je n'avais pas mes lolos, tout le monde penserait que je suis un crapaud », plaisante-t-elle.

En dépit de son état, elle conserve son regard impérieux. Beaucoup de temps a été perdu, malheureusement. Sa coutumière santé de fer la prédisposait à ignorer les premiers symptômes, puis un voisin marchand d'herbes médicinales l'a abreuvée de ses potions pendant des mois sans résultat notable. Le soi-disant médecin consulté ensuite a entamé un traitement qui a été brutalement interrompu lorsque tu as découvert par hasard, un jour où tu étais présent quand il s'apprêtait à l'administrer, qu'il consistait uniquement en injections de solution physiologique et en cachets d'analgésique.

Ton père ayant supplié la matriarche de la famille qui l'emploie ces temps-ci, une femme jadis très grippe-sou mais qui depuis la mort de son mari se montre plus encline à la philanthropie, elle a accepté d'intervenir en organisant une consultation dans un hôpital privé.

Arrivée devant chez vous, elle ne descend pas de sa voiture, n'ouvre pas la portière, ne baisse même pas la vitre. Ta mère et ta belle-sœur embarquent à côté d'elle sur le siège arrière, ton père s'assoit devant avec le chauffeur. Avec ton frère, vous faites le trajet en bus et vous les rejoignez dans la salle d'attente.

« Pourquoi ils sont là, ceux-là ? demande la vieille dame à ton père.

— Ce sont mes fils. »

Cette information ne l'impressionne manifestement pas.

« Lui, il est étudiant à l'université, poursuit ton père. Il pourra comprendre ce que le docteur va dire. »

La vieille dame te considère, son regard s'arrêtant sur ta barbe, tes habits de croyant. Elle se tourne de nouveau vers ton père : « Un seul d'entre vous va entrer, compris ?

— Lui », répond-il en pointant le doigt sur toi.

La doctoresse est une femme corpulente et sérieuse de l'âge de ta mère. Son diagnostic après examen est confirmé par les résultats des analyses lors de votre deuxième visite, une semaine plus tard : cancer papillaire thyroïdien. Elle explique que c'est tout à fait curable si l'on s'en occupe assez tôt et correctement ; dans le cas de ta mère, l'éventualité de traiter le mal au stade préliminaire est passée depuis longtemps, mais l'ablation de la thyroïde offre encore un espoir.

« Ça coûtera combien ? demande la matriarche.

— En incluant les médicaments, l'anesthésie, l'opération et la convalescence ?

— En salle commune, oui. »

La doctoresse cite un chiffre plus élevé que le salaire annuel de ton père.

« Et sans chirurgie ? demande votre matrone.

— Elle mourra. »

La matriarche médite cette réponse. Tu regardes ta mère : elle a le regard fixé dans le vide.

« Très bien », finit par concéder la matriarche.

La doctoresse fait taire le portable qui s'était mis à sonner dans la poche de sa blouse. « Ensuite, il y aura le traitement de suivi, hormones, radiothérapie…

— Ce sera la responsabilité de sa famille. Est-ce qu'il est possible que la chirurgie seule la guérisse ?

— C'est une possibilité.

— Bon.

— Mais c'est un cas déjà avancé, là. Normalement, nous aurions prévu d'administrer des doses d'iode-131 quelques semaines plus tard, mais…

— Merci d'expliquer tout ça à sa famille. »

La doctoresse sort dans la salle d'attente pour s'exécuter. Pendant qu'elle lui parle, ton père te jette de fréquents coups d'œil et tu opines du bonnet à chaque fois. Il manifeste une reconnaissance larmoyante à la matriarche pour avoir accepté de payer l'opération. Il sourit, bat des paupières, se balance sur ses pieds tout en inclinant respectueusement la tête devant elle à plusieurs reprises, un geste tellement saccadé qu'il fait penser à un tic nerveux. Tu ne l'avais pas vu en présence de l'un de ses employeurs depuis ton enfance, et le spectacle qu'il donne là te trouble énormément.

Ce qui t'impressionne le plus, pourtant, c'est l'expression qu'affiche ta mère. Jusqu'ici, elle avait catégoriquement refusé d'envisager qu'elle ne puisse pas recouvrer très vite la santé.

« Ça ne fera pas mal, lui chuchotes-tu à l'oreille. Ils vont t'endormir.

— Je vous ai fait sortir tous les quatre de mon ventre, répond-elle aussi bas mais énergiquement, alors la douleur, je connais. »

Tu as un sourire, mais il se fige tout de suite parce que en la regardant tu te rends compte que, pour la première fois, elle est maintenant certaine que sa maladie la tuera.

Si les relations entre ton père et toi sont tendues depuis peu, car il désapprouve ta barbe et l'organisation que tu as rejointe, il en vient maintenant à compter sur toi pour presque tout. Il y a un respect admiratif dans sa façon de t'observer tandis que tu écoutes une infirmière, que tu parles au pharmacien ou que tu remplis un formulaire d'hospitalisation. Bien qu'il n'ait jamais été très causant, il pouvait exprimer physiquement ses émotions quand tu étais plus jeune, et c'est le mode de communication auquel il revient durant ces moments difficiles : il passe son bras autour de tes épaules, te tapote le dos, t'ébouriffe les cheveux. Ce sont des manifestations d'affection qui te font du bien, même si elles paraissent étranges venant d'un homme désormais plus petit que toi.

Ta mère est ramenée vivante de l'opération. À la maison, son statut de blessée la plonge dans la perplexité, tel un soldat qui vient de recevoir une balle mais n'a pas encore vu le sang couler. Le traumatisme subi par son organisme sur la table chirurgicale l'a affaiblie, et comme l'extraction de la thyroïde et des glandes lymphatiques a impliqué le démontage d'une grande partie de son cou, elle éprouve des difficultés à parler. Ainsi, elle est doublement diminuée, privée à la fois de sa vitalité physique et de sa redoutable langue, de sorte qu'elle est désorientée lorsqu'elle n'est pas trop épuisée pour éprouver quoi que ce soit, et parfois en colère.

La famille s'ingénie à soutenir que tout ira bien, avec ou sans radiothérapie, et tout en faisant semblant de te ranger à cet avis tu décides de solliciter des fonds auprès de ton chef de résidence. Il vient de rentrer d'un voyage dont la destination et les motifs demeurent secrets, et tu le trouves dans sa chambre, étendu sur le matelas sans drap et taché de sueur, les pieds gainés de chaussettes trouées sur le montant du lit.

« J'ai besoin d'argent, annonces-tu.

— C'est une drôle de manière de me souhaiter la bienvenue, petit frère.

— Pardon. Ma mère est malade.

— De combien tu as besoin ? »

Tu lui mentionnes la somme.

« Je vois. »

Il se caresse pensivement la mâchoire.

« Je sais que c'est beaucoup…

— En effet. Mais je crois que je peux t'aider.

— Merci.

— Tu devrais l'emmener à l'une de nos cliniques.

— "Nos" cliniques ?

— Oui. » Il t'observe. Il a un sourire qui se voudrait bienveillant mais qui laisse ses traits impassibles. Tu lui as vu le même alors qu'il venait de fracturer le nez à quelqu'un.

« Elle a été soignée dans un hôpital privé qui était très bien…

— Nos cliniques sont très bien aussi. Qu'est-ce qu'elle a ?

— Un cancer.

— Je vais passer quelques coups de fil. Voir où elle peut aller, leur dire de la recevoir. »

Tu te gardes d'objecter.

Chaque soir, tu te rends à la maison à vélo et tu restes avec tes parents jusqu'à ce que soit venue pour eux l'heure d'essayer de dormir. Comme tu ne veux pas leur donner un surcroît de dépenses avec tes repas, tu continues à dîner à la pension, et d'ailleurs ton appartenance à l'organisation est une activité rémunérée, même si le salaire est modeste, et dans laquelle ton assiduité et tes résultats sont surveillés. Il est particulièrement important que tu fasses bonne impression, maintenant, et donc tu te rends aux réunions, tu potasses le matériel de propagande et tu gardes les oreilles et les yeux ouverts ainsi qu'on te l'a recommandé. Néanmoins, tes pensées retournent sans cesse à ta mère.

Plus tard dans la semaine, tu as la chance de surprendre une nouvelle fois un groupe d'étudiants en train de fumer du haschich en cachette dans une cabane derrière le bâtiment des sciences astronomiques. Tu en informes ton chef, qui te prie de le conduire sur la scène du délit. En marchant, il regarde avec grand plaisir les perroquets verts à tête violette qui caquettent dans les frondaisons. Tu le soupçonnes d'avoir son revolver sur lui.

Il salue aimablement les fumeurs. Ils sont cinq, vous n'êtes que deux, mais ils ont l'air d'avoir très peur.

« Ce n'est pas bon, ça, mes frères, déclare ton chef.

— Quoi, m'sieur ? » feint de s'étonner l'un d'eux, un type dégingandé avec des rouflaquettes et une mouche sous la lèvre inférieure, dont le T-shirt suggère un penchant pour le heavy metal.

Ton chef lui assène une gifle monumentale et continue sans élever la voix : « Ces drogues sont interdites. Elles vous rendront faibles. Vous êtes des garçons intelligents, vous devriez savoir ça. »

Tous les cinq hochent vigoureusement la tête.

Le chef écarte les bras : « Alors, ça ne se reproduira pas ? »

Ils lui assurent que non.

Le lendemain, ton chef te communique l'adresse d'une clinique. Elle se trouve juste à la périphérie de la ville, ou du moins de l'idée que l'on a encore de la ville puisque de nouvelles banlieues développées le long de la route relient cet endroit à la métropole comme un bras de pieuvre. Vous vous y rendez en autobus, ta mère et toi. C'est un immeuble bas dont la superficie est presque égale au lieu de culte qui le jouxte, quoique ce dernier soit bien plus élevé. La clientèle est pauvre et il n'y a pas ici les ordinateurs et les climatiseurs – sans parler des murs propres et des sols récurés – de l'hôpital privé où elle a été opérée.

Le médecin devant lequel on vous conduit examine rapidement ta mère, consulte tout aussi sommairement les analyses et secoue la tête. « Nous ne pouvons pas vous aider, t'annonce-t-il.

— Vous ne traitez pas les cancers ?

— Des fois. Chirurgicalement. Mais on n'assure pas les traitements aux hormones ni la radiothérapie.

— Qu'est-ce que nous devons faire, alors ?

— Prier. Ce n'est plus en votre pouvoir. La thyroïde a été enlevée. Peut-être qu'elle se rétablira. »

Pendant ce temps, ta mère ne bronche pas, comme elle est encline à le faire dans ses contacts avec les professions médicales. Celles-ci ont la rare capacité de la réduire au silence : leur pouvoir de provoquer la mort dans l'avenir en prononçant des mots mystérieux la dépouille aujourd'hui de son aplomb habituel ; elle leur en veut pour cette raison, et elle aimerait leur opposer une résistance mais elle ne sait pas par où commencer.

Son état ne semble pas s'améliorer ni empirer durant plusieurs semaines. La cicatrice de l'opération se referme, prenant une teinte foncée et se bourrelant sous sa couche protectrice de gaze. Elle supporte stoïquement les maux de tête qu'elle refuse le plus souvent d'admettre même si la douleur qu'ils provoquent se lit dans ses yeux en dépit de tous ses efforts. Elle souffre aussi de contractions musculaires, de petits spasmes qui font sous son foulard des soubresauts de poissons venus s'aimanter à la surface. Ce sont des symptômes de déficience hormonale thyroïdienne, ainsi que tu l'établis par tes recherches en ligne à la salle informatique de ton université.

Finalement, ton père implore sa patronne de consentir à une aide supplémentaire. Cette fois, la matriarche lui explique que la vie n'est qu'une longue succession de maladies, qu'elle est intervenue pour sauver sa femme quand il le fallait, sans ménager les dépenses, et que cette intervention a été un succès mais que l'on ne peut pas attendre d'elle qu'elle la répète encore et encore, où cela finirait-il, après tout l'argent ne lui coule pas des doigts et au demeurant, comme elle ne l'a que trop amèrement appris elle-même, certains aspects de l'existence sont entièrement régis par la destinée, on peut toujours se battre, évidemment, mais ce qui est écrit est écrit, n'est-ce pas, et donc il serait préférable pour lui et sa famille de faire tout ce qui est en leur pouvoir, après tout c'est à eux que revient cette responsabilité, et de reconnaître qu'elle les a déjà aidés plus que quiconque doué de bon sens n'aurait pu imaginer qu'elle le fasse.

Les mois suivants, ta mère passe par une souffrance extrême, le cancer s'étant étendu à ses os et à ses poumons. Cela s'accompagne d'une transformation poignante de son apparence et de sa personnalité. Tenaillée par la peur, elle est stupéfiée à la fois de son attachement farouche à la vie et de l'insuffisance de son imagination à concevoir une digne fin à toute cette torture. En l'absence de soins palliatifs modernes, sa mort est classiquement précédée d'une agonie rendue un peu moins insupportable durant l'ultime quinzaine de jours par l'héroïne que ton frère achète pour elle dans la rue et que ton père lui administre dans de longues et minces cigarettes pour femmes dont elle ne parvient qu'à tirer de minuscules bouffées entre deux quintes de toux.

Ta sœur est revenue du village pour la soutenir. Pas plus que ne le lui avait montré votre mère elle ne se considérait jusqu'ici comme l'enfant préféré, cet honneur te revenant depuis toujours, mais dans ces derniers moments c'est vers ta sœur que ta mère se tourne naturellement, peut-être parce qu'elle est l'aînée, ou parce qu'elles sont des femmes toutes les deux, ou parce que ta sœur est la seule de la nouvelle génération à avoir elle-même des enfants et qu'en elle ta mère perçoit des échos de la sienne, qu'elle a vue pour la dernière fois quand celle-ci avait le même âge que ta sœur maintenant et qu'elle-même était encore une petite fille. Au moment où elle cesse de vivre, c'est ta sœur qui la tient par les mains et ta mère est comme un nourrisson luttant pour aspirer sa première goulée d'air dans la transition de l'existence aquatique à la vie terrestre, sauf que là c'est l'inverse, ses poumons se remplissent d'eau et l'air n'y entre jamais plus.

Quand toi et les autres hommes de la famille portez sur vos épaules sa dépouille drapée d'un linceul blanc jusqu'au trou béant et auréolé de poussière de sa tombe, tu es frappé de la légèreté de son corps. La rapidité avec laquelle elle est passée d'une vigoureuse densité à une fragilité éphémère est si surprenante qu'elle confine presque à l'irréel. Des pétales de rose sont dispersés, des bâtons d'encens allumés, des supplications adressées à la force divine, puis ceux qui sont encore en vie retournent précisément à cela, à leur vie.

À l'université, tes compagnons de militance t'enjoignent de ne pas t'affliger exagérément, en tout cas de ne pas observer le deuil plus longtemps que la période prescrite. Ils soutiennent que se comporter autrement revient à contester ce que la fatalité a décrété ; au contraire, affirment-ils, tu dois concentrer ton énergie sur les objectifs qui te sont fixés, reconnaître tes camarades comme ta véritable famille et œuvrer dans l'organisation pour accomplir ton destin de même que ta mère a consommé le sien. Mais tous ces conseils te paraissent surfaits et peu convaincants, d'autant que dans ton état actuel d'introspection mélancolique les trois repas par jour, les nouveaux habits, le sentiment d'appartenance que l'organisation veut t'offrir, et la protection qu'elle se targue de te garantir, ont soudain singulièrement perdu de leur attrait.

Ton chef se met à t'observer de près, puis il recommande à ceux de tes camarades en lesquels il place le plus de confiance de te surveiller aussi. Il est préoccupé par ton apathie et ta distraction, par les touches de cynisme que tu as commencé à glisser dans les conversations et les réunions. Bien que tu prennes soin de ne jamais le provoquer directement, il a conscience de l'influence négative que tu exerces maintenant dès que tu crois qu'il n'entendra pas tes paroles. Il ne lui faut pas longtemps pour réunir les preuves justifiant qu'il t'adresse une sévère – et éventuellement douloureuse, compte tenu de son tempérament ombrageux – réprimande, mais le jour où il envoie son bras droit te chercher pour comparaître devant lui, tu es introuvable.

Même si ton père a été durement affecté par le décès de ta mère, il a refusé de revenir au village avec ta sœur ou d'aller vivre un temps chez ton frère. Il a continué à assurer son travail, se rendant à la résidence de la matriarche chaque matin et rentrant au foyer désert chaque soir. Quand tu as décidé de retourner habiter avec lui, tu ne pensais pas à un arrangement permanent mais, les jours passant, tu ne manifestes aucun intérêt à reprendre tes études et, après un certain laps de temps, tu pars à la recherche d'un emploi.

Un après-midi où tu mènes cette quête à bicyclette, tu penses reconnaître un visage dans une petite auto toute cabossée arrêtée à un feu rouge. Tu regardes avec plus d'insistance et oui, sans aucun doute possible, c'est la jolie fille. Elle est au volant, seule dans la voiture, les traits encore excessivement maquillés après une séance photo. Tu souris et tu agites la main mais elle ne te voit pas, ou bien elle ne voit pas qui tu es, et dès que le feu passe au vert elle repart.

Peut-être pas le soir même mais certainement cette semaine-là, tu te retrouves juché sur un fauteuil de coiffeur en plein air dans ton quartier et tu demandes à un vieil homme tout ridé, les cheveux passés au henné et muni d'un rasoir capable de trancher des gorges, de t'enlever ta barbe.

5

Apprendre d'un maître

Pour être efficace, un livre d'aide au développement personnel nécessite deux éléments : premièrement, que l'aide en question en soit vraiment une, et deuxièmement, point sans lequel le premièrement serait impossible, que la personne qu'il prétend aider ait au moins une vague idée de ce pour quoi elle a besoin d'aide. En d'autres termes, pour que notre collaboration fonctionne, il faut que tu te connaisses assez bien pour savoir ce que tu veux et où tu veux aller. Les livres de ce genre sont des artères à double sens, après tout. Une sorte de donnant-donnant. Alors, sois honnête à présent, et pose-toi la question suivante : t'en mettre plein les poches reste-t-il ton but suprême, ta raison d'être et ton va-tout, le lac de montagne voilé de brume vers lequel ton saumon interne remonte de toutes ses forces pour y frayer ?

C'est bien ce qu'il semble, dans ton cas, et c'est heureux car tu viens de passer les dernières années à franchir l'étape suivante, décisive, celle qui consiste à apprendre d'un maître. Comme le sait tout homme entreprenant ayant rencontré le succès, de nombreuses compétences ne peuvent être enseignées à l'école : elles demandent que l'on mette la main à la pâte. Pendant une vie entière, parfois. Et quand il s'agit de faire de l'argent, rien ne raccourcit le temps nécessaire à passer de la pauvreté du « je-laisse-ma-merde-sécher-là » à la prospérité du « lequel-de-mes-WC-j'utilise-ce-matin » comme un apprentissage auprès de quelqu'un qui a déjà calculé tous les bons coups.

Le maître aux pieds duquel tu te prosternes métaphoriquement est un quinquagénaire aux longs doigts d'artiste et aux oreilles remplies de poils blancs d'un primate se prémunissant contre des parasites du tympan possiblement mortels. Il a le sourire facile mais ne rit que rarement, et bien que la peau ait commencé à se plisser sur ses avant-bras nerveux, ses tendons restent souples. Il possède plusieurs voitures achetées d'occasion, aucune d'elles assez grosse pour attirer l'attention, et on peut le voir souvent assis seul à l'arrière, plongé dans la lecture d'un journal, tandis que le chauffeur et un garde du corps au regard vigilant sont à l'avant. Lui-même ne sait pas conduire, étant parvenu à l'aisance matérielle aussi soudainement que tardivement, mais il possède d'autres talents autrement plus lucratifs pour compenser cette déficience, sa splendide aisance avec les chiffres et sa fine perception des caractères typographiques n'étant pas les moindres.

Là, il est installé dans une petite pièce sans fenêtre de sa fabrique, une villa Art déco discrètement reconvertie en local industriel dont le mur d'enceinte a été surélevé pour lui assurer une meilleure protection, à l'image de toutes les résidences particulières alentour. En dépit de sa réussite, ou plutôt pour garantir que celle-ci perdure, ainsi que tu as fini par conclure, il supervise personnellement le décompte de son argent.

Tu fais la queue, attendant ton tour, les poches remplies de billets de banque et de bouts de papier couverts de notations mnémotechniques griffonnées de telle sorte qu'elles sont pratiquement codées. Quand son comptable t'enjoint d'avancer d'un signe de tête, tu remets ta part et présentes ton bilan oralement, l'une et l'autre aussitôt comparés à des données arithmétiques déjà existantes et aux livres d'inventaire.

« Les ventes sont en hausse, constates-tu à la fin de ton compte rendu.

— Comme celles de tout le monde, rétorque le comptable sur un ton désapprobateur.

— Les miennes plus que la plupart des autres. »

Ton maître mentionne l'un de tes clients : « Le mois dernier, tu as dit qu'il ne pensait pas qu'il y ait un marché pour le thon… »

Tu opines du chef. « C'est ce qu'il avait dit.
— Qu'est-ce qui a changé, alors ?
— Je lui ai laissé quelques boîtes gratuites.
— Nous ne donnons jamais rien pour rien.
— Je les ai payées. De ma poche.
— Je vois… Et donc ?
— Il les a vendues. Très vite. Et maintenant, il croit au thon. »

Le comptable entre quelques chiffres dans son ordinateur portable. Après avoir scruté l'écran, le maître pousse un grognement d'approbation et le comptable te rend une petite partie de l'argent que tu lui as donné : ce sont tes émoluments, calculés en additionnant un salaire fixe symbolique, une commission au pourcentage et une prime d'encouragement basée sur l'appréciation qu'a ton maître de la marche générale de ses affaires et de ta contribution personnelle à celles-ci. En l'empochant, tu tentes d'estimer le montant à l'épaisseur de la liasse et aux couleurs des divers billets qui la constituent. Tu les compteras plus tard.

Tu t'apprêtes à repartir quand le maître te dit de l'accompagner dans sa voiture, demande fort inhabituelle et donc inquiétante. Tu le suis jusqu'à son véhicule, dans lequel il monte tout en sortant son portable de sa veste et en expliquant au chauffeur où il doit aller. Son garde du corps ne te quitte pas des yeux dans le rétroviseur.

Ton mentor mène sa conversation téléphonique dans un dialecte rural qu'il présume inconnu de toi, pensant que tu es un gars de la ville. Même s'il savait que tu le comprends parfaitement, pourtant, il ne s'en soucierait pas une seconde : ce n'est pas la confidentialité qu'il recherche mais la possibilité de mettre à l'aise le fournisseur avec qui il est en train de parler. Ayant passé beaucoup de temps dans un grand nombre de petites villes de la région qui constituent la base arrière économique de la métropole, son aisance de caméléon à s'adapter à chaque contexte linguistique a souvent joué en sa faveur. Il pourrait en être fier, s'il était le genre d'homme à s'enorgueillir de ce genre de choses, mais il a bien trop de sens pratique pour cela.

Tu restes silencieux pendant qu'il discute longuement de variations de stock et de délais de livraison. Atteignant les confins de la ville, la voiture dépasse la terre chamboulée et les monticules linéaires de nouveaux complexes résidentiels destinés aux classes moyennes. Les alignements de poteaux électriques présentent divers stades de finition, certains encore dénudés, d'autres reliés par des câbles tendus à l'extrême qui parfois se sont détachés et pendent au sol.

Après avoir mis fin à sa communication, le maître te demande ce que tu penses d'un certain collègue à toi.

« Je trouve qu'il est bon, dis-tu.

— Le meilleur ?

— Un des.

— Est-ce qu'il m'a volé ? »

Tout le monde vole, du moins un peu, mais tu te contentes de répondre : « Il n'est pas fou.

— Où était-il, aujourd'hui ?

— Je ne l'ai pas vu. »

Il souffle par les narines. « Tu ne vas plus le voir du tout. »

Le ton était coupant comme une lame. Tu surveilles ta voix pour répondre : « Oui, d'accord.

— Tu comprends ce que je dis ?

— Oui. »

L'auto s'immobilise et ton maître te fait signe de descendre. Tu obéis, tu refermes la portière mais tu ne bouges pas. Tu essaies de deviner si le garde du corps te regarde. Tu évites les mouvements brusques, en prenant soin de laisser tes mains bien en vue. C'est seulement quand ils redémarrent que tu te détournes et que tu vas te placer au bord de la route, attendant qu'un bus passe par là dans la canicule.

En retournant chez toi, tu te retrouves coincé contre la vitre de l'autobus par la masse d'un cultivateur de fruits énorme et donc prospère, dont le clan vient de procéder à la première d'une juteuse série de ventes de ses terres à un fabricant de réfrigérateurs désireux d'augmenter la superficie de ses entrepôts. Il a une montre plaquée or et une imposante bague en or également, ornée de trois rubis bruts dont le brun soutenu rappelle la couleur du sang coagulé. Il ne possède pas encore de voiture mais cela ne saurait tarder.

Ta ville est gigantesque, grosse à elle seule d'une population plus importante que celle de la moitié des pays du monde, elle-même grossie toutes les quelques semaines de nouveaux arrivants dont le volume équivaut à la démographie d'une petite île-État tropicale aux plages de sable blanc, à ceci près qu'ils n'arrivent pas ici en canoë ou en boutre à voile triangulaire mais à pied, à vélo, en scooter ou en bus. Une voie express périphérique est en cours de construction autour de la métropole, formant une ceinture sous laquelle la bedaine urbaine enfle déjà et dont les sorties surélevées projettent leurs courbes dans toutes les directions. Ton autobus fonce dans l'ombre de ces arches monumentales, le long des nouvelles artères poussiéreuses alimentant sans cesse cet organe qui, malgré sa démesure, n'est qu'un parmi tant d'autres à palpiter dans la poitrine de l'Asie mutante.

Il fait déjà nuit quand tu regagnes ton logis. Après t'être savonné de la tête aux pieds en te servant d'un seau en plastique pour y accumuler l'eau sortant chichement d'un robinet incroyablement peu coopératif, tu revêts le pantalon noir, la chemise blanche et le nœud papillon pré-noué que t'a procurés un ancien camarade d'école qui travaille maintenant comme serveur pour une compagnie de catering, ainsi que le badge de sécurité plastifié qu'il te faut porter en sautoir. Tu te sens nerveux et surexcité, mais aussi satisfait de ton apparence quand tu captes ton reflet dans le rétroviseur de ta moto, estimant que ton accoutrement dénote une distinction d'homme riche.

Comme prévu, ton ami t'attend à l'entrée de service d'un country-club qui accueille ce soir-là une présentation de mode dans deux des pavillons s'alignant sur sa vaste pelouse. Le vigile en uniforme brandissant un détecteur de métal en forme de boucle ayant conclu que vous n'aviez pas d'armes sur vous, il vous fait signe de passer d'une main négligente. Si la chemise que tu portes, trop petite d'une demi-taille au cou, a commencé à te cisailler la gorge chaque fois que tu déglutis, tu ignores ce désagrément : toutes tes pensées sont concentrées sur la jolie fille.

N'ayant pas réussi à pénétrer dans le pavillon où la passerelle du défilé a été installée, tu attends ta chance à la fête de l'après-show, ou plutôt à la réception donnée à la suite du défilé, car la fête proprement dite – ce que tu ignores complètement – est prévue pour bien plus tard dans la nuit, au domicile du créateur de mode à l'honneur. Là, dans le deuxième pavillon, tu vas et viens d'un pas tendu entre les buffets, les tables et les coins-causette aux divans moelleux, espérant qu'elle finira par apparaître, un plateau couvert de boissons en équilibre sur ta main gauche, équilibre précaire, il faut le noter, puisque c'est la première fois de ta vie que tu te livres à un tel exercice.

La jolie fille est devenue à ce stade quelqu'un d'un certain poids dans sa profession, quoique l'expression soit sans doute paradoxale dans un milieu caractérisé par son idéal physique du « moins, c'est mieux ». Elle n'est certes pas un top-modèle mais elle est désormais connue et appréciée par les photographes, les designers, les autres mannequins et les lecteurs assidus des suppléments hebdomadaires remplis de photos des quotidiens locaux, un segment de la population auquel tu te joins assez fréquemment en raison de ton besoin impérieux de la revoir. Elle gagne suffisamment bien sa vie pour avoir un appartement à elle, une voiture modeste mais fiable et une servante à domicile qui peut préparer les repas, c'est-à-dire autant qu'un directeur de succursale bancaire de son âge et probablement deux fois plus que toi, et cela avant de prendre en compte les cadeaux dont la couvre le groupe fourni et sans cesse renouvelé de ses admirateurs.

Et voilà qu'elle fait son entrée aux côtés de l'un de ces messieurs, le séduisant bien qu'immature et agressivement peu sûr de lui rejeton d'un magnat du textile. Elle arrive à avancer à la fois en chaloupant et en gardant la ligne de sa mâchoire alignée sur un plan horizontal exactement parallèle au sol, ce qui produit un effet de sensualité dominatrice très recherché cette année.

Ne sachant comment attirer son attention, tu es temporairement en proie au désespoir, ton stratagème te paraissant soudain ridicule et voué à l'échec. Pourtant, toujours aussi attentive et perspicace en dépit de son expression impavide, elle a vite détecté le regard insistant d'un jeune homme d'une vingtaine d'années qui lui semble hors de son élément mais aussi vaguement familier, et le lui rend à son tour. Se détachant de son cavalier, elle s'approche.

« C'est toi ? »

Tu as à peine le temps d'acquiescer que tu te sens enlacé. Elle presse toute la longueur de son corps contre le tien, ce qui t'embarrasse car vous êtes dans un endroit public, tout de même, mais aussi te transporte. Lorsqu'elle t'embrasse sur la joue devant ces centaines d'invités, tu te demandes si elle pourrait à nouveau être à toi.

« Je n'arrive pas à y croire ! s'exclame-t-elle.

— C'est incroyable, oui…

— Donc, tu es serveur, maintenant ?

— Quoi ? Euh, non, je suis juste… j'ai emprunté tout ça. »

Elle sourit.

« Je suis dans le business, expliques-tu.

— Ça paraît bien mystérieux.

— Dans le commerce, en fait. Je gagne plein d'argent.

— Contente pour toi. »

Elle jette un coup d'œil à la ronde. Vous êtes en train d'éveiller un intérêt considérable autour de vous, tous les deux, parce qu'il est peu habituel que mannequins et serveurs communiquent avec une telle chaleur, et aussi parce que tu es en permanence sur le point de laisser échapper ton plateau chargé de verres que tu portes maintenant avec une réticence patente. Bien qu'elle n'ait cure du qu'en-dira-t-on, la jolie fille a conscience de la différence apparente de statut social entre vous, ainsi que des questions qui commencent peut-être à se former dans l'esprit de ses collègues et commanditaires.

« Allez, pose ça et suis-moi », t'ordonne-t-elle.

Te conduisant à l'autre pavillon, elle te guide le long de la passerelle à présent désertée jusqu'à une sortie en coulisses et dissuade d'un signe de tête impérieux un membre de la sécurité qui faisait mine de te barrer le passage. Tu aperçois une petite grappe de techniciens et d'habilleuses restés là à bavarder, auxquels elle adresse un salut de loin, mais pour le reste vous êtes maintenant en tête à tête sous le ciel nocturne. Elle allume une cigarette, te jauge un instant du regard et déclare :

« Tu as mûri.

— Toi aussi.

— Tu regardes toujours des films ?

— Pas autant. Parfois.

— Moi, je suis accro. Je m'endors devant le lecteur de DVD tous les soirs.

— Tous les soirs, vraiment ? »

Un sourcil levé, elle laisse apparaître un sourire énigmatique. « Pas tous les soirs, non. Souvent. Quand je suis seule.

— Je vis avec mon père. Enfin, il vit avec moi. J'ai un endroit à moi, maintenant.

— Tu es marié ?

— Non. Toi ? »

Elle rit. « Non ! Je ne suis pas sûre d'être le genre que les hommes épousent.

— Je t'épouserais, moi.

— Tu es adorable. Je voulais peut-être dire le genre que les hommes "devraient épouser".

— Pourquoi ne le font-ils pas ?

— Je change.

— Tout le monde change.

— Quand je change, c'est pour de bon.

— Je sais. Tu as voulu partir du quartier et tu l'as fait. Tu es célèbre, maintenant.

— Et toi ?

— Je veux être riche. »

Elle rit à nouveau. « C'est aussi simple que ça ?

— Oui.

— D'accord, préviens-moi quand tu le seras.

— Bien sûr. Mais je n'ai plus ton numéro de téléphone. »

Elle te le donne, tu le composes, tu laisses sonner une fois et tu le sauvegardes sous son nom.

« Écoute, dit-elle, il va falloir que je retourne là-bas…

— Je t'appellerai.

— Je sais. Prends soin de toi. »

Elle te dépose un nouveau baiser sur la joue, sa main posée sur tes reins. Tu sens ses seins effleurer ton torse, et puis elle n'est plus là.

Tandis que la jolie fille rejoint son monde, elle découvre que l'aplomb de sa démarche a été quelque peu affecté par votre rencontre. Tu es comme un souvenir ambulant et donc tu l'as déstabilisée, elle qui résiste si farouchement aux réminiscences. Même si elle a évolué au cours des quelque dix années où vous ne vous êtes pas parlé, ta façon de t'exprimer conserve les mêmes cadences qui étaient jadis les siennes, voire plus encore, l'atmosphère et la physionomie du quartier qui a jadis été le sien, qu'elle est heureuse d'avoir laissé derrière elle, où elle ne veut plus jamais revenir, même pour un instant, même en passant. Elle tente de reconcentrer son attention sur son cavalier, l'héritier d'un empire de la fripe, mais elle est distraite au début, pas entièrement présente, et ce flottement l'alarme au point qu'elle fait un effort délibéré, et finalement couronné de succès, pour se libérer l'esprit de ces pensées.

Plus tard, tu lui téléphones mais elle ne répond pas. Le lendemain, tu essaies encore, toujours en vain. Ce n'est que vers la fin de la semaine que tu réussis à le joindre mais elle se montre évasive, occupée à se préparer pour une séance photo. Quand tu parviens à lui parler de temps à autre par la suite, vous arrivez à établir une conversation, toujours brève, et chaque fois que tu proposes une rencontre elle répond que son programme est surchargé. Interloqué par son attitude, tu réfléchis à la meilleure façon d'aller de l'avant. Si ta connaissance des femmes est limitée, tu maîtrises assez bien l'art de la vente et il te semble clair que cette situation relève typiquement du cas où tu dois laisser le client revenir à toi si tu ne veux pas dévaluer complètement le produit proposé. Et donc, tu attends. Et elle t'appelle, en effet. Pas souvent, pas même une fois par mois, mais de temps en temps, généralement tard le soir quand elle a regardé un film et que l'approche du sommeil – ainsi que l'alcool, peut-être – rend sa voix langoureuse, quand elle te parle tout doucement pendant quelques merveilleuses minutes depuis le nid douillet de son lit. Elle ne te propose jamais de l'y rejoindre, ni de te retrouver quelque part, mais elle garde le contact avec toi, avec ta vie, et cela seul t'apporte un certain degré d'espoir, en même temps qu'une sourde douleur parfois.

Au travail, tu t'es joint à la mêlée en vue de récupérer les comptes de ton ancien collègue mystérieusement sorti du tableau. Un client potentiel rejette tes avances mais, désormais pénétré du principe de persévérance, tu lui rends visite à la faveur de la campagne de prospection suivante. Le commerçant en question tient un magasin dans une zone résidentielle jadis très courue, non loin d'une sépulture extrêmement révérée, qui étouffe maintenant dans les gaz d'échappement le jour et se parfume de marijuana la nuit.

Tu surgis sur ta moto, la courroie de ta besace te barrant la poitrine dans le style guérillero. Ta cible est assise derrière sa caisse enregistreuse.

« Je ne suis pas intéressé, décrète-t-il.

— Mais avant, si.

— Qu'est-ce qui est arrivé à l'autre ?

— Je l'ai remplacé.

— Je ne lui faisais pas confiance.

— Tu devrais être content, alors.

— Je ne te fais pas confiance non plus. »

Il s'emporte contre son employé qui vient de renverser une pile de boîtes de céréales. Tu examines rapidement ses rayonnages, couverts d'un mélange de produits importés et locaux, surtout de l'alimentaire mais également des détergents, des ampoules électriques, des cigarettes et, assez inattendus, deux ou trois appareils de climatisation sortis de leur emballage.

Tu tends un doigt dans leur direction : « Ils sont à vendre ?

— Ils ne sont pas neufs. Il y a une grosse demande pour ça. »

Ouvrant ta besace, tu abats sans te presser une demi-douzaine de boîtes de conserve et de bouteilles sur son comptoir. « Thon. » Bam. « Soupe. » Bam. « Olives. » Bam. « Sauce soja. » Bam. « Ketchup. » Bam, bam, bam. « Jus de lychee. » Bam. « Tout d'importation, certifies-tu.

— J'ai déjà tout ça.

— Je sais. C'est pour ça que je te les montre. Combien tu les paies, toi ? »

Il te lance un regard dégoûté. « Oui, alors dis-moi : pourquoi vous êtes moins chers ?

— On est une grosse opération. »

Il ricane : « Vous ? C'est ça, oui…

— Notre patron a des contacts à la douane. Il reçoit plein de trucs sans payer de taxes.

— Comme tous les autres.

— Attends, pourquoi tu refuserais une bonne affaire ?

— Parce que j'aime pas les bonnes affaires que je ne comprends pas.

— Ce ne sont pas des produits volés.

— J'achète pas.

— J'insiste, ça n'a pas été volé.

— Tu crois que je suis sourd ? » Il envoie un crachat au sol, entre tes pieds. « Tire-toi.

— Il n'y a aucune raison de…

— Dégage, saleté d'enculé de maque ! »

Tu le regardes, notant sa brioche, sa petite bouche remplie d'ordures, ses poignets maigrelets qu'une seule manchette briserait. En même temps, tu remarques qu'il a porté sa main droite sous le comptoir, dans un recoin que tu ne peux pas voir, et tu sens que les clients de la boutique derrière toi guettent la suite, que son employé s'attarde à l'entrée, que les passants dehors ont fait halte. En ces temps d'incertitude, les attroupements se forment pour un rien et peuvent se révéler impitoyables. Tu restes fermement planté devant lui un instant, puis tu jugules ton indignation, tu remballes tes échantillons et tu quittes les lieux sans rien dire.

« Je la connais, votre magouille ! » crie-t-il dans ton dos.

De retour chez toi dans l'air immobile et enfumé du crépuscule, tu essaies d'écarter l'incident de ton esprit. Si vos prix sont si bas, c'est parce que ton maître rachète pour trois fois rien des produits périmés depuis peu, efface la date de péremption sur l'emballage et imprime une date ultérieure à la place. Ce n'est pas aussi simple que ça en a l'air, le traçage à l'encre original n'étant pas facile à supprimer et la surimposition de nouveaux caractères demandant le plus grand soin. Par ailleurs, la grande majorité des dates d'expiration incluent une marge de sécurité raisonnable, et dans cette ville immense la fréquence de renouvellement des stocks est assez élevée, si bien qu'en règle générale le risque de consommer ce que vous vendez est limité. En réalité, vous ne faites que stimuler le fonctionnement du marché en permettant que des produits qui seraient autrement inscrits dans la colonne des pertes trouvent des acheteurs à des prix imbattables. Et tu n'as jamais entendu parler de quelqu'un qui en soit mort.

Ton activité est diamétralement opposée à l'humble labeur de ton père et pourtant, malgré les doutes qui t'assaillent maintenant, tu n'imaginerais pas un instant échanger avec lui : ni dans ses meilleures années, quand il se rendait au domicile de son employeur et en revenait généralement de bonne humeur et en grande forme, ni à ce stade où il fatigue vite et n'arrive pas à tenir plus d'une heure devant les fourneaux. Il s'est trouvé une position chez un couple récemment rentré de l'étranger et qui n'aime donc pas l'idée d'avoir des domestiques à demeure. Un jour sur deux, il se traîne péniblement jusqu'à leur appartement au moment où ils partent au travail, leur prépare deux dîners, les met au réfrigérateur et se hisse dans un bus à midi pour regagner la maison, consacrant ses après-midi et ses journées libres à se remettre de cette épreuve répétée.

Vous emménagez tous les deux dans un endroit un peu plus grand, et tu dis à ton père qu'il n'a plus besoin de gagner sa croûte. Mais il ne veut pas être un fardeau, et puis il pense qu'il est dans l'ordre naturel des choses pour un homme de travailler. Il en ferait plus s'il pouvait, mais il ne peut pas.

Ton père a le cœur brisé, au sens littéral et figuré. Ta mère lui manque énormément, il l'aime plus encore depuis son décès que de son vivant. En outre, ses gènes et les plats à haute teneur en cholestérol qu'il prépare pour les foyers nantis depuis des décennies tendent à lui donner des accès périodiques d'apoplexie. Les dommages subis par ses tissus musculaires sont désormais irréversibles, et quoiqu'il ne souffre que de manière épisodique, il ne peut échapper au poids qui pèse sur sa poitrine ni à l'essoufflement.

Sa foi, solide et autosuffisante, se manifeste dans les prières, les visites aux lieux de pèlerinage, l'écoute de musique religieuse et la vénération des versets sacrés couchés sur du papier et glissés dans des amulettes. Tout cela le rassure. Il craint la mort, mais sans excès. En réalité, il attend l'occasion d'être à nouveau réuni à sa bien-aimée avec presque la même intensité que certaines jeunes filles, dont l'appréhension n'excède que de peu l'impatience, attendent de perdre leur virginité.

En rentrant, tu le trouves étendu sur son lit pliant, captivé par une voix métallique et cependant passionnée montant de sa petite radio à piles, une nouvelle panne d'électricité ayant privé de vie ton poste de télévision. Malgré la chaleur, il s'est couvert d'un châle et quelques gouttes de sueur perlent à son front. Tu lui apportes une tasse remplie d'eau, tu t'assois par terre près de lui et il te tapote la main. Sa paume pleine de cals est tellement tannée et usée qu'elle te paraît douce. Il murmure une bénédiction et la souffle dans l'air, les espoirs qu'il forme pour toi disséminés par un spasme de ses poumons.

6

Travailler pour soi-même

Comme tous les livres en général, cet ouvrage de développement personnel est un exercice de co-création. Quand tu regardes un feuilleton télévisé ou un film, ce que tu y vois ressemble à ce qui y est concrètement représenté : un homme ressemble à un homme, un homme aux gros biceps ressemble à un homme aux gros biceps, et un homme dont l'un des biceps porte le mot « Mama » tatoué dessus a l'air exactement de cela, d'un homme dont l'un des biceps porte le mot « Mama » tatoué dessus.

Quand tu lis un livre, en revanche, tu n'as sous les yeux que des pattes de mouche noires sur de la pulpe de bois ou, plus souvent, des pixels sombres sur un écran pâle. Afin de transformer ces symboles en personnages et en événements, il faut imaginer. Et quand on imagine, on crée. C'est en étant lu qu'un livre devient un livre, et comme un million de lectures différentes en sont possibles, il devient chaque fois unique parmi un million de livres différents, tout comme un ovule devient une personne parmi un million d'autres potentielles lorsqu'il est abordé par un banc de spermatozoïdes frétillants qui nagent de toutes leurs forces dans sa direction.

Les lecteurs ne travaillent pas pour les écrivains, mais pour eux-mêmes. C'est là, si tu veux bien me pardonner la partialité assumée de cet exposé, que réside la richesse de la lecture. Et c'est là aussi que se trouve une clé menant à la richesse partout ailleurs. Car si tu veux véritablement t'en mettre plein les poches en Asie mutante, ainsi que nous semblons l'avoir établi, il faut que tu te mettes tôt ou tard à travailler pour toi-même. Les fruits du labeur sont délicieux, mais pris individuellement ils ne sont pas des plus nourrissants. En conséquence, ne partage les tiens avec personne, et dévore ceux des autres dès que tu en as la possibilité.

Dans ton cas, tu as monté une petite affaire, un cheval de trait parmi le grand troupeau économique qui ébranle le sol de son trot et que banquiers et décideurs désignent sous le terme de PME. Elle fonctionne dans le deux-pièces en location que tu as jadis partagé avec ton père. Quand il était encore en vie, deux pièces te semblaient un luxe bien mérité ; maintenant, elles te paraîtraient d'une extravagance inutile si elles ne répondaient pas aux besoins de ta compagnie, et de plus un espace déconcertant car, même si tu as déjà atteint le milieu de la trentaine, ce n'est que tout récemment que tu as découvert le silence très particulier qui règne dans un foyer d'un seul occupant, et tes émotions te font vaciller au milieu de cette nouvelle réalité tel un marin retrouvant la terre ferme après des années passées en mer.

L'aube va bientôt venir quand tu te redresses sur le lit pliant où tes parents avaient dormi en leur temps, seul, et que tu te frottes les yeux pour en faire tomber les rêves tout en écoutant le coq hypersexué d'un voisin lancer déjà ses cocoricos dans sa cage sur le toit. Tu vas prendre ton petit-déjeuner à un kiosque local festonné aux couleurs d'une boisson gazeuse multinationale. Sirotant ton thé et plongeant tes doigts dans une assiette de pois chiches, tu es connu de plusieurs des hommes assis là, et ils te saluent d'un signe de tête, mais aucun ne t'invite à rejoindre l'une des conversations en cours. Peu importe : ton esprit est accaparé par la journée de travail qui s'annonce, et tout en mâchant et avalant tu remarques à peine la chèvre enchaînée qui s'est couchée à tes pieds, avec sa frange décolorée de coquine, ou le scarabée long comme un orteil et perclus de blessures de guerre qui se traîne lentement vers une appétissante carcasse de chat écrasé.

Pour entrer dans le filon de l'eau en bouteilles, tu t'es servi de tes contacts commerciaux accumulés pendant tes années de représentant en boîtes de conserve périmées et néanmoins dotées d'une date de validité satisfaisante. Le système de canalisations de ta ville étant laissé à l'abandon, le contenu des conduites d'eau souterraines et des égouts s'est allégrement mélangé, de sorte que, chez les riches comme chez les pauvres, les robinets déversent un liquide qui, bien que relativement clair et sans odeur dans nombre de quartiers, contient de manière avérée des résidus de déjections humaines et des micro-organismes susceptibles de provoquer diarrhée, hépatite, dysenterie et typhoïde. Les citoyens les plus humbles renforcent leur système immunitaire en buvant cette eau gratuite, parfois en subissant des pertes dans le processus, notamment parmi leurs très jeunes et leurs plus fragiles éléments, tandis que ceux qui peuvent se le permettre se sont mis à l'eau purifiée et embouteillée, celle-là même que toi et tes deux employés êtes ravis de leur procurer.

Ton salon a été reconverti en atelier et entrepôt. On y trouve un tuyau amenant l'eau courante, une pompe auxiliaire – théoriquement illégale – destinée à renforcer la pression balbutiante du réseau public, une citerne en plastique bleu de la taille d'un bébé hippopotame, un robinet en métal, une cocotte-minute, un réchaud à cartouches de gaz en dessous pour faire bouillir l'eau – pendant une durée maximale de cinq minutes, en règle générale –, un entonnoir au fond tapissé de coton afin de retirer les impuretés visibles, une pile de bouteilles d'eau minérale déjà utilisées mais encore en bon état récupérées dans divers restaurants, et enfin deux machines assez rudimentaires qui installent des bouchons avec bague de sûreté et un film protecteur en plastique au sommet de ton produit frauduleux.

Tu es penché sur ton technicien, occupé à mener un test.

« Ça pue, constates-tu.

— C'est du fioul, répond-il en haussant les épaules.

— Avec ça, notre eau va sentir la vieille moto pétaradante. »

Il abaisse le niveau de la flamme. « Et là ?

— Trop de suif. Éteins. »

Tu gardes les yeux sur le fourneau à pétrole portable qu'il a emprunté quelque part, tout en cuivre terni et en surfaces arrondies tel le tube d'un obus d'artillerie. Une fois de plus, une pénurie de gaz naturel a paralysé ta ligne de production. Si la tentative avait été concluante, le fioul aurait constitué un remplacement bon marché, mais elle ne l'a pas été et maintenant tu cherches des alternatives tout en faisant rouler entre tes doigts le cordon passé autour de ton cou qui retient la clé de ta chambre. Là-bas, de l'autre côté de la porte, il y a la liste et le registre confidentiel de tes clients, un petit tas de billets et un revolver dépourvu de licence et chargé de quatre balles.

Ton technicien se gratte pensivement l'aisselle avant de suggérer : « Et si on laissait tomber la partie ébullition, aujourd'hui ?

— Non. On ne bout pas, on ne vend pas. » Tu sais que la qualité fait la différence, surtout quand il s'agit de faux. Si leurs clients commencent à tomber malade, les détaillants cesseront d'acheter ton produit.

Ton technicien ne discute pas ta décision. C'est un réparateur de bicyclettes, au départ, il n'a aucune expérience des subtilités du commerce. C'est justement pour cela qu'il travaille sous tes ordres, et aussi parce que, père d'un trio de petites filles et fils cadet d'un maçon itinérant mort d'hypothermie après avoir trop longtemps dormi à la belle étoile, il apprécie la valeur d'un salaire régulier.

Si, contre toute attente, il t'avait prié de reconsidérer ta position, tu lui aurais probablement répondu par un silence accablant, maintenu suffisamment longtemps pour qu'il finisse par oser jeter un coup d'œil inquiet dans ta direction ; là, tu aurais croisé son regard et l'aurais soutenu jusqu'à ce qu'il baisse la tête vers le sol et accentue la courbure de son épine dorsale, deux gestes qui, chez les humains comme dans les meutes de chiens, symbolisent la capitulation d'un mammifère devant un autre plus fort. Il est toutefois probable que, pour ta part, tu t'abstiendrais alors de lui renifler l'anus ou d'inspecter ses parties génitales.

Soudain, ton garçon de courses arrive, apportant une excellente nouvelle : un dépôt des environs consentira cet après-midi à recharger pendant une heure les cartouches de gaz usagées. Il apporte aussi un arôme enivrant de nourriture, des beignets farcis dont la graisse rend translucide leur emballage de papier journal. Vous partagez tous les trois la camaraderie de ce déjeuner sur le pouce en bavardant agréablement comme des frères ou des cousins, ce que vous êtes d'une certaine manière puisque ces deux-là appartiennent à ton clan, parents lointains mais tout de même liés par le sang, et donc oui, comme des frères, sauf que quand tu dis à ces frères de se dépêcher de terminer leur collation ils doivent évidemment obéir, et c'est ce qu'ils font.

Ensuite, tu te diriges vers le dépôt pour obtenir une bonne place dans la file d'attente. Ton véhicule est un mini-pick-up plus âgé que toi, l'acier des ridelles du plateau perforé d'une dentelle compliquée par la rouille, mais son moteur à deux temps refait à neuf, bien qu'assourdissant, demeure plutôt fiable. Tu es à un carrefour quand ton portable sonne. Voyant le nom qui s'est affiché, tu te ranges sur le côté, tu tournes la clé de contact et tu réponds.

« Tu serais libre à dîner ? » demande la jolie fille.

Sa voix te déstabilise, rend soudain inconsistants les contours de ton environnement immédiat.

« Oui.

— Tu n'as pas besoin de savoir quand ?

— Oh. Quand ?

— Ce soir. »

Tu souris en l'entendant sourire. « Oui, je me disais aussi.

— Je suis en ville. Viens à mon hôtel. »

Ce soir-là, tu vas te faire couper les cheveux. Tu choisis la coupe en brosse, le coiffeur t'ayant assuré que non seulement il n'y a rien de plus à la mode actuellement mais aussi qu'elle fera merveille sur toi, vu ton allure sportive. Tu fais l'achat d'un jean moulant à un prix absurde et d'un blouson en nylon avec la mention « Man Meat » dans le dos, dans une boutique dont le parking est encombré de voitures impressionnantes. Revenu chez toi, tu t'aperçois que le pantalon est trop court et tu te hâtes de retourner l'échanger, mais la vendeuse te toise d'un air dédaigneux et, sans interrompre sa conversation en ligne sur l'ordinateur du magasin, t'envoie paître sous le prétexte que tu as retiré les étiquettes.

Tu décides de le porter tout de même en laissant ouvert le bouton du haut, dissimulé par ta ceinture, et en l'ajustant au plus bas sur tes hanches. Cela a pour effet de faire ressortir un petit rouleau de chair, une sorte de mini-brioche, et tu commences à te dire que tu as commis une erreur dès le début en l'achetant, quinze jours de bénéfices pour deux vêtements semblant en effet une opération outrageusement déséquilibrée. Mais tu t'es mis en retard et il faut donc que tu te précipites à ton rendez-vous.

L'hôtel où la jolie fille est descendue est le plus huppé de la ville. Si le bâtiment le plus ancien reste fermé et sa façade couverte d'échafaudages depuis qu'un gros camion-suicide a pulvérisé ses fenêtres et provoqué des incendies à l'intérieur, la nouvelle aile, plus en retrait de la rue, est déjà repeinte et de nouveau en activité.

Après l'attentat, et compte tenu de l'importance de cet établissement en tant que point de rencontre pour responsables politiques, diplomates et hommes d'affaires, ainsi que du symbole qu'il constitue comme bastion avancé d'une chaîne internationale d'hôtellerie de luxe, comme un pont richement illuminé de bleu jeté vers le reste du monde, il a été décidé de le transformer en une sorte d'îlot, de repousser le tissu urbain tout autour autant que faire se pouvait dans une métropole aussi dense que celle-ci. Deux artères jusqu'alors réservées à la circulation ont en conséquence été reconverties sur tous les côtés de la propriété, la voie extérieure étant maintenant bordée de plots en béton supportant des glissières en acier qui arrivent à hauteur de poitrine, un peu comme une barrière qui fermerait agressivement l'espace de jeux d'un enfant géant, le résultat évoquant une combinaison de douves sèches de château fort et de plage fortifiée en attente d'un débarquement militaire, tandis que celle de l'intérieur est ponctuée de portails automatiques, de dos-d'âne, de caméras de surveillance montées sur leurs piquets et de chicanes formées par des caissons en bois renforcés de sacs de sable et remplis de pétunias.

Autour de cette citadelle, la circulation ralentit, se congestionne et fulmine de rage. Bicyclettes, motos et véhicules à trois ou quatre roues tentent d'avancer au prix d'acrobaties parfois accompagnées de collisions, de coups de klaxon, d'imprécations lancées par les vitres baissées. De temps à autre, le flot déjà lent s'immobilise complètement tandis qu'un chemin est dégagé pour laisser passer quelque gros bonnet, et ce sont alors la résignation, l'énervement et quelquefois la colère qui peuvent se lire sur les visages. Approchant du premier poste de contrôle, tu cherches à te dégager de cet encombrement multitudinaire pour opérer ton entrée.

Jetant un coup d'œil à ton pick-up rouillé, le gardien te demande ce que tu veux.

« Je veux passer, réponds-tu.

— Toi ? Pourquoi ?

— J'ai rendez-vous avec quelqu'un pour dîner.

— Vraiment. »

Il appelle son supérieur. Devant toi, tu vois le rougeoiement des feux arrière d'un immense et scintillant chariot qui transporte peut-être un sénateur, un tribun, un centurion, en train de franchir le contrôle suivant. Le supérieur arrive et t'intime l'ordre de faire demi-tour. Il est plus jeune que toi, plus petit que toi, plus frêle que toi, mais tu ravales ta fierté, entouré comme tu l'es de fusils-mitrailleurs, et tu quémandes sa compréhension. Après un coup de téléphone à la jolie fille et une fouille tatillonne de ton petit cheval de trait, on t'autorise à contrecœur à continuer ta route, mais uniquement jusqu'au parking secondaire à l'arrière de l'hôtel. De là, tu devras marcher.

Le bruit court qu'ici des femmes étrangères nagent en public dans un état de quasi-nudité et que des bars au luxe inouï servent de l'alcool d'importation. Tu ne vois rien de tout cela, peut-être parce que tu t'arrêtes à la réception ou parce que, le cœur battant, tu ne penses qu'à localiser la jolie fille. La voici qui s'avance vers toi, planant sur ses chaussures à talons compensés, un sourire ironique aux lèvres et les cheveux presque aussi courts que les tiens.

Comme elle l'a dit, elle n'est que de passage dans ta ville, étant partie vivre il y a plusieurs années dans une mégalopole encore plus gigantesque sur la côte. Sa carrière de mannequin ayant atteint un plafond – ou peut-être son zénith serait-il un meilleur terme – puisque, même si ses tarifs demeurent élevés, les propositions de travail se révèlent de moins en moins fréquentes, elle tente de se reconvertir dans la télévision et elle est déjà devenue actrice, une actrice mineure pour la simple raison que ses talents dramatiques sont très limités, son nom apparaissant essentiellement en petits caractères au générique de comédies ou de feuilletons. En temps normal, elle n'aurait pas eu les moyens de se loger dans cet hôtel pour un voyage privé, mais le taux d'occupation a tellement baissé depuis l'attentat qu'elle a facilement obtenu une chambre à moitié prix.

Après t'avoir embrassé sur la joue, elle t'observe avec soin tout en te conduisant au restaurant. Oui, elle remarque que tu es mal à l'aise dans ton accoutrement trop neuf et trop apprêté, mais elle constate aussi qu'en revanche tu parais beaucoup mieux dans ta peau, que ton allure dénote une vraie maturité, de l'assurance et même de la maîtrise, en contrepartie d'une poignée de kilos supplémentaires et de quelques touches de gris dans ta chevelure. Bref, tu lui fais maintenant l'effet d'un homme et non plus d'un garçon, quoiqu'elle ait plaisir à constater que tes yeux ont conservé leur pétillement, sans évidemment savoir, même si elle le soupçonne, que ledit pétillement est en grande partie dû au fait que tu te trouves en sa présence.

Vous êtes placés par le maître d'hôtel qui, l'ayant reconnue, lui assigne une table dont l'emplacement se veut propice à la tranquillité tout en garantissant qu'elle sera vue de tous. La jolie fille l'ayant récompensé d'un signe de tête, il se charge personnellement de déplier vos serviettes et lui tend la sienne en inclinant légèrement le torse, sans pourtant s'arroger le droit de la déposer dans son giron comme il le fait avec toi.

« Tu as l'air en forme, déclare-t-elle.

— Toi aussi. »

Et c'est la vérité. Comme le soleil, tu as toujours eu de la difficulté à la regarder en face mais ce soir tu surmontes la pulsion de détourner les yeux, essayant au contraire de t'établir fermement sur le seuil glissant qui sépare l'insistance déplacée de la dissimulation torve. Ce que tu vois est une femme que les années ont peu changée, et ce non seulement parce que c'est vrai, puisque vous aviez chacun la moitié de votre âge actuel quand vous vous êtes connus, mais surtout parce que l'image que tu as d'elle n'est pas entièrement déterminée par sa réalité physique.

Ce soir, elle arbore un haut jaune à fines bretelles qui souligne ses clavicules et le dessin bosselé de son sternum, avec un seul bracelet en acajou au poignet. Un foulard recouvre l'ouverture de son sac et elle passe une main dessous pour en retirer une bouteille de vin rouge, dont elle tourne le bouchon capsulé en produisant un son qui te fait penser à une branche que l'on casse.

« Tu es déjà venu ici ? demande-t-elle.

— Non, c'est la première fois. »

Elle sourit. « Et alors ?

— C'est incroyable.

— Je me rappelle encore ma première fois. Les couteaux étaient tellement lourds, je me suis dit qu'ils étaient en argent. J'en ai volé un.

— Ils sont vraiment en argent ? »

Elle rit. « Non.

— Qu'est-ce que tu as vu d'autre dans ce genre, des choses fantastiques que le reste des gens n'ont pas l'occasion d'approcher ? »

Elle marque un temps d'arrêt, surprise de ce que ta question réveille en elle, cet émerveillement des humbles qu'elle avait pratiquement oublié.

« La neige, répond-elle avec un grand sourire.

— Tu as vu de la neige ? »

Elle hoche la tête. « Oui. À la montagne. C'est magique. Comme de la grêle en poudre.

— Comme ce qui se forme dans un freezer ?

— Sur le sol, oui. Mais quand ça tombe, on dirait des plumes.

— C'est doux, alors ?

— Doux, oui. Et puis ça fond, et quand tu marches dedans, ça fait mal. »

Tu l'imagines en train de folâtrer dans une vallée blanche, un chalet majestueux au loin. Le maître d'hôtel revient et noue une serviette rayée autour de votre bouteille, la dérobant discrètement aux regards à l'exception du goulot.

« Et toi ? continue-t-elle en remplissant de nouveau vos verres. C'est quoi exactement, ce business ?

— L'eau en bouteilles.

— Tu livres ?

— Ça aussi. Je la fabrique.

— Comment ? »

Tu lui donnes une version plaisante de la chose, en omettant les déconvenues comme le manque chronique de gaz naturel ou les longues périodes pendant lesquelles, la pression du réseau public étant trop faible, ta pompe crachote dans le vide, incapable de remplir la citerne.

« C'est formidable, affirme-t-elle en secouant la tête. Et les gens l'achètent, réellement ? Comme si ça venait d'une des grosses compagnies ?

— Exactement pareil.

— Tu es un génie.

— Non. » Tu souris.

« À l'école, tout le monde disait que tu étais génial.

— Tu n'étais pas là très souvent.

— J'y suis allée bien assez longtemps. »

Tu bois une gorgée. « Tu as gardé le contact avec quelqu'un ?

— Non.

— Même pas avec tes parents ?

— Non. Ils sont morts.

— Je sais. Je voulais dire, avant ça.

— Quelques messages. D'eux, et plus tard d'oncles et de cousines et autres, quand j'ai commencé à apparaître à la télé. Surtout des insultes. Ou des demandes d'argent.

— Donc, c'est seulement moi.

— Rien que toi », dit-elle en posant ses longs doigts sur le dos de ta main.

Comme ce n'est que la deuxième fois que tu bois de l'alcool, la sensation de décontraction volubile et un peu congestionnée est nouvelle pour toi. Vous mangez et bavardez, entre deux accès d'hilarité tapageuse qui font se retourner les autres convives. Le repas se termine trop vite, hélas, et la bouteille de vin aussi ; tu te prépares mentalement à accepter que la soirée soit finie quand elle annonce : « J'ai encore une bouteille dans ma chambre. Tu veux monter ?

— Oui. »

Après t'avoir donné le numéro, elle te dit d'attendre quelques minutes avant de la rejoindre. Tu ne sais pas exactement comment parvenir là-bas, et tu répugnes à attirer l'attention du service de sécurité en demandant ton chemin, mais tu te dis qu'il suffit de prendre l'ascenseur et de suivre la signalisation une fois à son étage. Elle ouvre la porte dès que tu frappes, t'attire à l'intérieur et t'embrasse violemment sur la bouche.

« Je n'ai pas d'autre bouteille, souffle-t-elle.

— Ce n'est pas grave. »

Tu la tiens dans tes bras, étreignant cette femme si familière, si inconnue, tu respires son souffle, tu goûtes le palais où naissent ses paroles. Tu la caresses en la déshabillant. Tu lisses la courbe de sa hanche, de sa mâchoire. Tu soupèses son pelvis dans ta paume. Non, vous n'êtes pas des étrangers. Vous êtes là où vous devez être, enfin ; et vous y restez.

Faire l'amour avec toi a quelque chose de transgressif qui attise son désir, bien que trop de pensées tournent dans sa tête pour qu'elle jouisse complètement du moment. Tu portes des effluves de son ancienne vie sur toi, émotionnellement mais aussi concrètement, par exemple dans le fait que tu n'emploies pas de déodorant, et pour elle ces réminiscences sont connotées d'affliction et de brutalité, connotations qui la poussent à te suggérer de te montrer sans merci, mais comme tu interprètes mal les signaux qu'elle t'envoie, ses fantasmes ne sont pas réalisés.

Elle passe par une période délicate. La force de gravité ayant commencé à tirer vers le bas la courbe ascendante de sa carrière, elle a gagné beaucoup moins d'argent durant l'année qui vient de s'écouler que pendant la précédente, ce qui est une première. Elle se rend compte que son avenir est incertain, qu'elle risque sérieusement de finir pauvre, percluse et solitaire, une vieille dame dans une seule pièce envahie de sacs de riz et de farine qu'elle achète au prix de gros une fois par saison ou, perspective non moins terrifiante, épouse de quelque homme-enfant accro à la cocaïne, trop peu sûr de lui pour se présenter au bureau directorial de son père avant onze heures du matin et d'y rester plus longtemps qu'après trois, avec une forte tendance à embarquer dans sa puissante limousine européenne des adolescentes draguées au cours de réceptions et à éclater brusquement en sanglots quand il a trop bu.

Allongée nue à tes côtés, un préservatif usagé sur le tapis et une cigarette allumée entre ses doigts, elle te caresse tendrement la tête pendant que tu somnoles. Elle ne te laissera pas passer la nuit ici, toutefois. Tu lui demandes quand tu la reverras et elle est honnête en répondant qu'elle ne sait pas, mais elle n'a pas de commentaire lorsque tu émets l'espoir que ce sera bientôt. Après ton départ, elle s'étire seule sur son lit, se remémorant la sensation réconfortante de vos silhouettes pressées l'une contre l'autre. Elle essaie d'imaginer ce à quoi une relation stable avec toi pourrait ressembler, si tu serais capable de t'entendre avec ses collègues et connaissances dans la grande ville au bord de la mer. Tirant sur sa cigarette les yeux fermés, le papier et le tabac s'embrasant en produisant le même bruit qu'un termite en train de creuser sa galerie, elle se demande s'il arrivera un jour où l'idée de se lier de façon permanente à un homme ne lui paraîtra plus repoussante.

Tu es reparti dans ta guimbarde dans un état d'agitation où l'euphorie le dispute à la peur, mais le week-end arrivé, quand tu emmènes tes neveux au zoo, c'est cette dernière qui a pris le dessus. Les enfants attendaient avec impatience leur sortie mensuelle avec leur oncle prodigue, le trajet en pick-up et les bonbons que tu leur achètes, et cette fois tu es toi aussi particulièrement content d'être en leur compagnie. Comme tu as la gorge nouée quand tu passes les prendre chez eux, tu parles peu, les laissant bavarder joyeusement entre eux. C'est seulement devant les ours et les tigres en cage que tu te détends, et lorsque arrive le moment de leur promenade à dos de chameau, tu as retrouvé la capacité de parler normalement.

Ton frère scelle leur retour par une poignée de main, et ce faisant accepte aussi tacitement le rouleau de billets de banque dans ta paume. Fut un temps où il avait honte de recevoir une aide financière de son cadet mais ce n'est plus trop le cas maintenant, de même qu'il ne ressent plus le besoin de te raconter d'abondance ses difficultés de père de famille face à la flambée des prix, bien que celles-ci demeurent réelles et éprouvantes.

Là, il préfère te faire asseoir sur son toit et t'interroger sur ta propre existence tout en allumant un joint et en tirant les quelques maigres bouffées que peut contenir sa poitrine décharnée. Le ciel du soir est orangé, lourd de la poussière en suspens montée de milliers de chantiers, de la terre fertile fouaillée par les pelles, desséchée par le soleil et dispersée par le vent. Comme à son habitude, ton frère te presse de te marier, ce qui démontre une admirable générosité car il est à prévoir qu'en fondant une famille à toi tu seras moins en mesure de contribuer au bien-être de la sienne.

« Mon travail occupe tout mon temps, affirmes-tu. Je suis très bien tout seul.

— Personne n'est bien tout seul. »

La conversation dérive sur ta sœur, qu'il a vue lors d'un récent passage au village. Il observe qu'elle paraît vieillie, ce qui ne te choque pas même si elle n'a que quelques années de plus que toi : tu ne sais que trop bien à quel point le corps s'use vite, à la campagne. Il ajoute qu'elle se plaint souvent mais qu'heureusement son mari a une peur bleue d'elle, de sorte que son sort n'est pas si mauvais. Elle aurait cependant besoin de briques, car les murets de boue durcie autour de sa cour sont régulièrement emportés par les pluies. Tu dis que tu vas t'en occuper.

Les semaines passent et la jolie fille n'appelle pas. Tu es surpris sans l'être, pas surpris parce que c'était sûrement prévisible mais surpris tout de même de te laisser aller à espérer qu'il puisse en être autrement. Tu sais bien, depuis le temps, qu'elle finira par téléphoner un jour, et tu renonces à émettre des hypothèses quant au moment exact où cela se produira.

C'est au cours de cette période que tu prends une décision importante. Tu as accumulé quelques économies que tu destinais à l'achat d'un droit de résidence sur ton appartement, non le titre de propriété complet, bien sûr, dont le prix serait beaucoup trop élevé, mais la garantie de pouvoir l'habiter sans verser de loyer pendant un certain nombre d'années au bout desquelles le propriétaire devra te reverser la mise initiale. Cette formule est très recherchée par les gens aux revenus modestes en ce qu'elle offre une sécurité comparable à l'achat du bien proprement dit pendant une durée fixée par contrat.

Dans le monde des cuisiniers, des livreurs et des petits intermédiaires, celui qui a été le tien, le droit de résidence est un moment de répit sur le tapis de course de l'existence. Mais toi, tu es maintenant ton propre maître, tu travailles pour toi-même, tu es un entrepreneur, et un après-midi brumeux où tu suis une petite route aux abords de la ville, tes yeux s'arrêtent sur un lopin de terre et les restes chancelants d'une grande ferme. Après inspection, il s'avère que le tuyau-pompe du puits est rouillé mais peut encore très bien fonctionner, et soudain l'idée te vient que tu ferais mieux de te servir de l'argent que tu as mis de côté pour relocaliser et développer ici ton entreprise d'eau en bouteilles. C'est un choix risqué, évidemment : si l'affaire capote, tu n'auras plus d'économies ni la garantie d'un toit au-dessus de la tête, mais le risque comporte toujours la possibilité d'un bénéfice, et d'ailleurs tu en es venu à considérer ton rêve d'avoir une maison à toi pour ce qu'il est en vérité : une chimère, s'il n'y a pas d'espèces sonnantes et trébuchantes derrière.

Le soir suivant la signature du bail, tu es étendu sur le lit pliant où tes parents dormaient jadis, attendant que la fatigue finisse par te faire basculer dans l'inconscience. À côté de toi, ton portable qui ne sonne pas. Tu regardes chacun des talk-shows télévisés aussi omniprésents que furibonds, notant que leur hystérie transforme la politique en jeu, qu'ils distraient plutôt qu'ils ne captent l'attention du public. Cela te convient parfaitement, toutefois : après tout, c'est de distraction que tu as besoin.

7

Être prêt à recourir à la violence

Aussi désagréable que cela puisse être, il était inévitable qu'un livre de développement personnel tel que celui-ci nous amène tôt ou tard à aborder le thème de la violence. S'en mettre plein les poches, que ce soit en Asie mutante ou n'importe où ailleurs, exige un certain degré d'insensibilité, car la prospérité est assurée par le capital, qui lui-même est le produit du travail, lequel résulte d'un équilibre entre dépense et apport de calories, d'un fondamental dépouillement, celui de machines biologiques qui doivent être pliées à ta volonté par une force spécifique si tu veux toi-même pouvoir relâcher ta ceinture financière et, avec un soupir ravi, te dilater.

À cet instant, de la fumée et des gaz lacrymogènes s'élèvent en volutes au-dessus d'une artère commerçante. Tu es au volant, une écharpe imprégnée de vinaigre autour du cou, prête à se plaquer sur ta bouche et ton nez en guise de masque improvisé. L'émeute ne bat plus son plein mais elle n'est pas non plus entièrement terminée, des escouades de policiers continuant de pourchasser des traînards. Autour de toi, éclats de verre et débris s'étendent comme des ombres crépusculaires sur le béton lisse de la ville.

Le bâtiment dont tu as l'adresse a été atteint par des cocktails Molotov, sa façade coloniale jadis blanche à présent noircie de suie. Si la structure et l'intérieur ne semblent pas avoir subi de dommages importants, ce n'est pas ce qui te préoccupe : l'objet de ton attention, alors que tu mets pied à terre, est le camion de livraison dans l'allée de service, couché sur le côté, le moteur et le châssis encore fumants. Il n'y a plus rien à faire, l'extincteur que tu as apporté est inutile et, après un dernier regard sur l'épave, tu fais signe à ton mécanicien de regagner votre véhicule.

Tes muqueuses suppurent pendant le lent trajet du retour. Tu baisses ta vitre, tu te racles la gorge avec insistance et tu craches. Ton bureau est à côté de ta fabrique et de ton dépôt, dans les faubourgs, le long de l'une de ces mille et une rues surgies là où il n'y avait encore que des champs quelques années plus tôt mais qui sont maintenant pratiquement dépourvues de verdure, l'expansion urbaine sauvage ayant tendu sur leur longueur un ruban d'échoppes, de garages, de ferrailleurs, d'instituts scolaires sans licence, de cliniques dentaires véreuses, de kiosques à recharge et réparation de portables, le tout bordant un dédale d'habitations périlleusement improvisées et incapables de résister aux séismes, ni même d'ailleurs aux pluies torrentielles.

Ici, au bord de cet anneau en constante expansion, sont venus s'agglutiner nombre des rajouts récents à l'immense population de ta ville, certains nés en son centre mais repoussés à la périphérie par la contraction urbaine, d'autres projetés là depuis les provinces en quête de fortune, d'autres encore arrivés en tant que réfugiés fuyant leurs contrées natales qu'ils ne reverront probablement jamais. Et c'est là également que se trouve le débouché concret de ton entreprise. Tu as prospéré au son des papilles desséchées de la ville, toujours plus nombreuses et assoiffées, des gargouillements de l'eau inlassablement extraite du sol et propulsée dans des conduites et des réservoirs. L'hydratation en bouteilles s'est révélée un créneau des plus lucratifs.

Quoique fort ressemblant à tous les étroits immeubles de deux étages typiques de la zone, ton quartier général s'en distingue par ses vitres teintées d'or, une touche d'originalité que tu as choisie personnellement et qui est saisissante, pour ne pas dire plus. En pénétrant dans les bureaux, tu ressens la fierté d'un capitaine d'industrie à la vue de tes employés absorbés dans leur labeur, courbés sur leur table ou, quand tu passes au hangar en tôle ondulée derrière le bâtiment, sur des machines au ronronnement bien huilé. C'est toi qui as édifié tout cela, toi. Aujourd'hui, pourtant, l'orgueil se mêle d'appréhension, car tu es encore sous le coup du spectacle de l'ultime addition à ta flotte de livraison transformée en épave irrécupérable.

Tu appelles ton comptable dans ton bureau et tu fermes la porte. Par la fenêtre aux teintes ambrées, tu aperçois le haut d'un autobus surchargé qui vient de s'empêtrer dans des câbles téléphoniques. Des cris montent de la rue en contrebas.

« C'est grave ? marmonne ton subalterne.

— Fichu.

— Complètement ? »

Parvenant à refouler une bordée d'imprécations, tu annonces : « Je vais devoir le remplacer. Ça ira pour les salaires ?

— On a assez de cash. »

Le côté droit de son visage est figé depuis une crise cardiaque, ce qui explique son élocution. En fait, il n'a pas la qualification de comptable mais cela t'importe peu. Comme c'est la coutume, tu graisses la patte au contrôleur des impôts et tes livres de comptes trafiqués ne sont là que pour servir de point de départ à de complexes négociations. L'important, à tes yeux, c'est qu'il sache jongler avec les chiffres et tel est en effet le cas puisqu'il a été employé de bureau durant des dizaines d'années dans l'un des cabinets d'expertise comptable les plus réputés de la ville.

Il a l'intuition qu'il ne lui reste plus longtemps à vivre. Sa face est déjà un masque dont la rigidité partielle lui rappelle l'apparence de son père dans les heures ayant suivi son décès, quand son corps avait été lavé mais pas encore rendu à la terre. Il s'imagine souvent sentir de minuscules vaisseaux sanguins éclater dans son cerveau, une effervescence sensorielle qui n'est pas sans ressembler aux picotements dans un pied engourdi. Cela étant, il accepte globalement son sort avec philosophie. Ses fils ont un travail, sa fille est mariée, en l'occurrence à toi, qui appartiens au même clan que lui, qui respectes les valeurs idoines et présentes un avenir très prometteur ; ainsi, il a accompli les devoirs les plus importantes de tout père qui se respecte et, même si l'espoir d'une deuxième jeunesse nous séduit tous, il est assez fort pour s'en tenir à l'évidence que le temps ne fonctionne pas de cette façon.

Parce que tu as beaucoup à faire, mais aussi par conviction que c'est là un message de motivation qu'il faut envoyer à tes troupes, tu quittes le travail tard, ce soir-là. Un croissant de lune est suspendu bas dans le ciel. Deux roussettes passent au-dessus de ta tête, leurs ailes gigantesques fouettant l'air. Tu prends ton chemin habituel, écoutant de la musique à la radio.

À un carrefour, un motocycliste aux airs de garçonnet avec ses boucles délicates tapote sur ta vitre. Tu la baisses pour t'exposer à un revolver braqué sur ta joue.

« Descends. »

Tu obtempères. Après t'avoir conduit sur le côté de la route, il t'ordonne de te coucher face contre le sol. Il y a un peu de circulation mais personne ne s'arrête ou ne s'intéresse à ce qui se passe. L'odeur de la terre boucanée par le soleil t'emplit les narines. Il enfonce le canon de son arme dans ta nuque, là où la colonne vertébrale rejoint la base du crâne, et le fait tourner sans ménagement, provoquant une vive douleur dans ta chair et tes os.

« Enculé de ta mère, lance-t-il d'une voix aiguë, presque prépubère, tu crois qu'tu peux enculer plus malin que toi ? »

Tes lèvres s'agitent mais aucun son n'en sort. Tu sens un crachat exploser sur ton cuir chevelu, tiède et dense comme du sang.

« C'est un avertissement, minable. T'en auras qu'un. Reste à ta putain de place. »

Il retourne posément à sa moto et démarre. Tu ne te relèves qu'une fois qu'il est loin. Tout en frottant tes vertèbres supérieures endolories, tu notes que la portière de ta voiture est restée entrouverte et le moteur tournant au point mort pendant tout ce temps. Tu ouvres la boîte à gants. Ton revolver est là, inutile.

L'ultimatum que tu viens de recevoir émane d'un puissant homme d'affaires qui appartient à l'establishment de la ville et qui, entre autres activités, est à la tête d'une entreprise d'embouteillement d'eau rivale. Tu as donc empiété, et largement, sur son territoire, alors que non seulement il est riche mais dispose de ses entrées là où il faut. En conséquence, tu as peur et tu es également furieux, fou de rage en fait, la combinaison de ces émotions te faisant trembler pendant que tu agrippes d'une main féroce ton volant et que tu te répètes, tout en essayant de repousser une anxiété grandissante : Je vais lui montrer, à ce fils de pute, je vais lui montrer…

De quelle manière vas-tu lui montrer, toutefois, cela n'est pas encore très clair.

Tu te gares devant chez toi, une villa toute neuve dans une résidence inachevée aux prix moyens, construite sur l'un des quatre modèles proposés qui se répètent en de multiples alignements de douze maisons. Ta rue ne comporte encore qu'une rangée d'arbrisseaux arrivant au genou et attachés à des tuteurs en bois pour les aider à pousser malgré le vent. Quand ta femme t'ouvre la porte, elle te jette aussitôt un regard inquiet et te demande ce qui a bien pu t'arriver. Tu réponds que ce n'est rien, peut-être quelque chose que tu as mangé. Plus tard dans la nuit, elle t'entendra vomir dans la salle de bains.

Ayant atteint tout récemment ses vingt printemps, elle a un peu moins de la moitié de ton âge. Elle estime néanmoins avoir fait un bon mariage, le fossé d'années vous séparant étant le même qu'entre ses propres parents. Elle a grandi dans des conditions matérielles meilleures que celles que tu as toi-même connues, mais certainement pas aussi confortables que celles dont elle bénéficie maintenant. C'était du reste prévisible, estime-t-elle, car son teint pâle et sa grande bouche voluptueuse lui ont toujours conféré la réputation d'être une beauté, et dans les mariages arrangés de tels atouts physiques ont forcément un prix.

En échange de son consentement à l'accord conclu entre ton comptable et toi, elle a posé deux conditions : la première, qu'il lui soit permis de terminer ses études, un long cursus de droit, la seconde étant qu'on ne la force pas à procréer tant qu'elle ne les aurait pas achevées. Elle avait formulé ces exigences en partie parce qu'elle voulait les voir satisfaites, mais aussi pour vérifier l'étendue de son pouvoir. Tu les as acceptées, et tu t'y plies encore jusqu'aujourd'hui.

Au cours des négociations préliminaires, elle s'était mis en tête que c'était aussi une manière de mettre à l'épreuve le désir que tu avais d'elle. De cela, elle est maintenant moins sûre, car si au cours des premières semaines de votre mariage les relations sexuelles étaient quotidiennes, voire biquotidiennes, elles se sont rapidement réduites au rythme d'environ une copulation tous les quinze jours. Elle attribue cette situation au fait que tu es un homme ayant dépassé la quarantaine, même si le souvenir de votre frénésie des débuts lui laisse quelques doutes sur cette explication. Et néanmoins elle te garde son respect, elle attend que tu attises de nouveau en elle la flamme de l'amour romantique, bien qu'elle en soit venue à se demander quand tu prendras le temps de le faire.

Le jour où tu as envoyé un message sur son portable à la jolie fille pour l'informer de tes noces imminentes, celle-ci a été étonnée de l'intensité de sa tristesse, compte tenu du peu d'échanges que vous aviez eus au cours des dernières années. Elle n'avait pas eu pleinement conscience de compter que tu l'attendes indéfiniment, et même si des souvenirs de toi se glissaient parfois dans ses pensées, elle n'avait jamais formé de plans précis quant à de futures rencontres telles que la soirée que vous aviez partagée à l'hôtel, et donc son chagrin lui est tombé dessus par surprise. Elle t'a toutefois répondu par un texto te souhaitant tout le bonheur possible et puis, comme d'habitude, elle a fait de son mieux pour contrôler ses émotions et s'est absorbée dans son travail.

Un programme télévisé de cuisine très regardé a rendu la jolie fille populaire, ce qui est d'autant plus remarquable qu'elle n'a jamais excellé aux fourneaux. Seulement, elle s'est créé un personnage d'animatrice délurée, connaissant l'argot de la rue sur le bout des doigts, très à l'aise devant les caméras et avec ces mets simples, épicés et conçus pour de jeunes citadins ; l'effet produit quand elle combine ainsi les inflexions dialectales de son enfance au savoir faire des chefs qui l'assistent est aussi charmant que profitable.

Elle habite maintenant, seule, une élégante maison de plain-pied minimaliste non loin de la mer, ayant retrouvé après ses revers de fortune le style de vie que garantissent de substantiels revenus. Ses craintes de replonger dans la pauvreté se sont estompées. Elle reconnaît avec une grande lucidité que sa popularité s'est établie sur la fondation de son apparence, et elle n'est pas aveugle au fait que celle-ci n'est pas immuable, mais elle croit aussi qu'il existe des moyens de libérer la célébrité de son socle, ou plutôt qu'à un certain stade celle-ci peut devenir sa propre fondation, autosuffisante, sans cesse augmentée et flottant résolument comme un nuage. Épargnée par les responsabilités d'une monogamie prolongée, elle consacre un temps infini à cet objectif, vivant dans une campagne publicitaire permanente et ne s'intéressant qu'à ceux qui assureront son avenir, en d'autres termes à ses téléspectateurs.

Parmi eux, il y a ta femme, que la jolie fille fascine comme une jeune tante pleine de vie et qui trouve ses recettes aussi faciles que savoureuses. Donc, tu tombes souvent en rentrant à la maison sur la jolie fille en train de s'adresser à ton épouse dans votre salon, les yeux dans les yeux quoique séparés par une immensité, et quand tu lui demandes invariablement de changer de chaîne d'un ton cassant, elle obéit avec un sourire, pensant qu'en macho typique tu n'as que dédain pour les merveilles de l'art culinaire.

Si tu ne lui dis rien de l'avertissement menaçant qui vient de t'être communiqué, celui-ci t'amène toutefois à demander audience au chef local d'une faction armée pour la protection de laquelle toi et d'autres commerçants de la zone versez des sommes régulières. Jusqu'ici, tu ne l'as jamais rencontré en personne, mais comme vous appartenez au même clan tu supposes qu'il acceptera de te recevoir, et de fait sa réponse positive ne tarde guère à te parvenir.

La rencontre a lieu dans une maison qui n'aurait rien de remarquable, n'était la présence de deux hommes armés de fusils d'assaut qui battent la semelle à l'extérieur. Le chef de faction est assis sur un tapis, sous un ventilateur qui oscille lentement. Il se lève, te serre la main de son appendice mutilé mais désormais cicatrisé auquel il manque deux doigts, te jauge d'un œil attentif. Après t'être installé à côté de lui, tu lui expliques tes difficultés.

Il est disposé à t'aider parce que, premièrement, tu t'apprêtes à le payer, deuxièmement vous êtes apparentés, troisièmement il te considère comme un opprimé et se voit lui-même comme le champion des opprimés, et quatrièmement parce que l'homme d'affaires qui t'a menacé appartient à une secte que lui, le chef de faction, juge nécessaire d'exterminer. Sur le moment, il ne te dit rien de tout cela : il ne te communique sa décision que le lendemain, ayant entre-temps porté l'affaire à l'attention de ses supérieurs – car il ne se trouve qu'à un échelon intermédiaire –, et t'ayant aussi laissé un peu mariner dans ton jus.

On t'attribue un garde du corps pour ta sécurité quotidienne et la garantie verbale, quoique dénuée de précisions, que des mesures supplémentaires seront prises si la situation devait empirer. Arrivé à l'improviste à ton bureau, le garde te paraît aussi silencieux et calme que s'il était sous l'effet de l'opium, mais avec des yeux vifs et peu commodes. Il doit avoir ton âge bien qu'il soit largement plus imposant que toi, avec un estomac en barrique et quatre dents couronnées d'argent. Comme tu n'arrives pas à l'imaginer père ou mari, tu ne l'interroges pas sur sa famille et lui-même s'abstient de toute amabilité. Il passe les nuits chez toi, et même s'il ne dort pas dans la maison mais dans l'unique chambre de domestique au-dehors, tu n'es pas à l'aise d'avoir un homme pareil si près de ta femme.

Dès qu'il monte en voiture avec toi, le garde du corps arme bruyamment son pistolet automatique qu'il tient entre les jambes, sans que tu parviennes à savoir si c'est pour t'impressionner, pour réduire son délai de réaction ou tout simplement par habitude. Tu te demandes si tu n'as pas commis une erreur en l'engageant, car non seulement il te coûte les yeux de la tête mais sa présence te met mal à l'aise. Tu te dis que la seule alternative serait, soit d'ignorer la menace, ce qui pourrait se révéler suicidaire, soit de céder au diktat de ton rival, ce qui serait injuste et préjudiciable à ton amour-propre. Un jour où tu passes délibérément en voiture devant la villa de ton ennemi, un demi-hectare de terrain convoité dans un quartier sélect, entièrement clos de hauts murs, tu l'aperçois par une porte grillagée en train de faire de la marche forcée sur sa pelouse. Son survêtement gris et ses bracelets d'entraînement bleus évoquent irrésistiblement un personnage de sale type dans les films, et cette vision te renforce dans ta détermination à ne pas capituler piteusement.

Ta femme devine que quelque chose te tracasse, elle te sent distant et d'une irritabilité peu habituelle, et bien entendu elle en déduit que ce n'est pas sans raison que son mari s'est adjoint un garde du corps. Elle voudrait t'être d'un certain réconfort, mais comme ses tentatives de te faire parler en confiance se heurtent à une réaction évasive, elle choisit un autre angle, te propose d'aller au cinéma ou de dîner dehors, mais tu exiges de passer toutes les soirées à la maison, pour des raisons de sécurité que tu n'invoques évidemment pas, ne voulant pas l'effrayer.

Les magazines féminins d'importation qu'elle lit avec avidité abondent en conseils sur la marche à suivre dans ce genre de situation matrimoniale, comment satisfaire son homme quand il paraît insatisfait, et à l'approche de votre anniversaire de mariage elle se lance bravement, priant son esthéticienne de lui retirer tout son voile pubien à la cire chaude, épreuve douloureusement tonifiante, puis consacrant l'intégralité de son argent de poche mensuel à l'achat de coûteux sous-vêtements en dentelle, un soutien-gorge et une petite culotte couleur lilas, sa préférée. Ainsi préparée, elle t'attend un soir sur votre lit, presque nue dans la douce lueur dansante des chandelles.

Ignorant qu'entre-temps une panne d'électricité s'est produite, elle a un choc en te voyant entrer dans votre chambre avec une torche à piles. Gêné de la découvrir là sans avoir annoncé ton entrée, tu détournes le regard, marmonnes des excuses et te hâtes vers la salle de bains. À ton retour, elle a tiré le drap sur elle jusqu'au menton et ses yeux sont immenses dans la pénombre. Malgré la vague d'humiliation qui l'a balayée, elle réunit toutes ses réserves de volonté quand tu t'étends près d'elle, guidant une de tes mains sur sa poitrine et portant la sienne entre tes jambes. Elle sent son corps se tendre et se durcir au contact du tien mais non la même réaction chez toi, accablé de fatigue et de stress comme tu l'es, et alors elle se détourne sur le flanc, ferme sa bouche et ses yeux aux sons et aux larmes, et fait semblant de s'endormir.

Tu vis les semaines suivantes dans une tension épuisante, le regard sans cesse aux aguets quand tu conduis, te demandant à chaque instant si tu vas être attaqué, et si dans ce cas ton garde du corps sera capable de te protéger. Tu as beau t'adjurer de ne pas céder à la peur, tu commences à annuler des visites à des clients pourtant essentiels, des professionnels avec lesquels ta compagnie a signé les plus juteux contrats pour garder leurs glacières bien garnies. Comme ton programme quotidien se borne de plus en plus à te rendre au bureau tôt le matin, à t'y enfermer toute la journée et à rentrer tard chez toi, ton affaire en souffre.

Cette prudente routine est rompue pour la première fois non pas par une explosion de violence mais par la mort de ta sœur. L'arrivée de la mousson a provoqué de soudaines inondations qui, bien qu'ayant épargné la plupart des habitations de ton village ancestral bénies par la topographie, ont abandonné ici et là des mares d'eau stagnante nourrissant des nuées de moustiques porteurs de maladies. Ta sœur a succombé à la dengue, après un bref espoir trompeur lorsque la fièvre a baissé, alors que l'hémorragie interne privait de sang ses organes et les déshabilitait un par un.

Tu accomplis le voyage dans une série d'autobus poussifs avec ton frère et ses fils, qui sont maintenant pratiquement des hommes eux aussi, et en raison des routes et des ponts endommagés par les pluies vous ne parvenez à votre destination que le lendemain soir. Les funérailles ayant été retardées jusqu'à votre arrivée, tu as la possibilité de voir ta sœur une dernière fois, et ce que tu as devant les yeux est une vieille femme alors qu'elle n'a pas passé tellement de temps dans ce monde, ses cheveux blancs devenus rares, les dents de devant manquantes, la chair du visage collée aux os comme si le souffle de la vie l'avait dégonflée en s'en allant.

Regardant ton frère, tu remarques qu'il a vieilli, lui aussi, même s'il n'a jamais eu l'air jeune, et tu te demandes à quoi toi-même tu dois ressembler aux yeux de tes neveux. Tu prononces tes prières au pied du monticule de terre couvert de fleurs qui recouvre la tombe de ta sœur, puis tu donnes l'argent que tu as apporté à son mari et à ses enfants. Au village, la mort est chose courante et elle est acceptée comme telle ; après les premiers jours, tu n'entends aucun gémissement, même si une larme glisse sur la joue de la plus âgée de tes nièces lorsqu'elle s'incline pour que tu lui poses ta main ouverte sur la tête quand tu leur fais tes adieux.

Tu as laissé ta femme à la ville, décision qui l'a blessée même si tu l'as justifiée en affirmant que le voyage serait trop pénible pour elle à cause des inondations. Elle est atterrée que tu n'aies pas voulu de sa présence en un moment aussi important, sans savoir que ta véritable motivation était de lui dissimuler autant que possible l'embarrassante humilité de tes origines.

Pendant le lent périple du retour, les innombrables obstacles et les multiples occasions où tu dois descendre du véhicule pour aider toi aussi à le dégager d'une ornière de boue traîtresse te rappellent une nouvelle fois le fossé béant qui sépare la campagne de la ville, l'intensité avec laquelle les yeux suivent une chèvre ici, unique survivante d'un troupeau emporté par la crue, alors que là-bas la vie continue de suivre son cours plus ou moins normal.

Plus tard dans la même semaine, le porte-flingue adolescent reçoit l'ordre de t'intercepter de nouveau. Il se lave et s'habille comme d'habitude, en écoutant des chansons de films sur une petite radio en forme de canette de boisson gazeuse et destinée à la promotion de cette dernière, se rase soigneusement la lèvre supérieure dans l'espoir que cela y fera pousser un jour de la moustache. Sa mère et sa sœur lui disent au revoir. Étant à court de fonds, il n'achète que le minimum d'essence pour sa moto, et une seule cigarette. Après avoir choisi un carrefour sur ton chemin, il attend sous un panneau publicitaire géant qui vante les attributs d'un savon antibactérien, et il fume, habitude récemment acquise qui a l'avantage de lui faire oublier sa faim. Un bip sur son portable l'avertit que tu ne vas pas tarder.

Les pensées du petit malfrat s'attardent sur un T-shirt qu'il convoitait depuis longtemps, violet et orné d'un aigle psychédélique, mais il n'était plus en vue quand il est passé devant la boutique tout à l'heure et le commerçant lui a dit qu'il avait été vendu. Il regrette de ne pas avoir pu l'acheter lui-même. Il aurait dû emprunter la somme nécessaire. Il y a une fille de son quartier qui a des fossettes affolantes et à laquelle il n'a jamais eu le courage d'adresser la parole : elle ne le remarque jamais, apparemment, mais il est certain qu'elle le ferait s'il portait ce T-shirt.

Toi aussi, tu penses à une femme en approchant du carrefour, te souvenant des jeux d'imagination que tu partageais jadis avec ta sœur. Devant toi, un semi-remorque chargé d'un conteneur maritime ralentit, les freins chuintant et grinçant à grand bruit. Au milieu de ce vacarme, tu aperçois le garçon se précipiter vers ta voiture. Tu jettes un coup d'œil à ton garde du corps mais celui-ci a déjà compris et aussitôt il fait feu à travers ton pare-brise, à trois reprises. Le petit tueur s'effondre. Tu es prêt à prendre la fuite mais ton accompagnateur ouvre sa portière et bondit dans la rue. L'une de ses balles a fait sauter un bout de crâne couvert de cheveux bouclés qui repose maintenant non loin de là où le garçon gît sur la chaussée, haletant. L'autre lui décharge plusieurs projectiles dans la figure et la poitrine, puis il sort son téléphone portable et prend une photo du mort. Revenu à son siège, il t'ordonne de démarrer ; comme tu as l'air de ne pas entendre, il répète son injonction, et cette fois tu t'empresses d'obéir.

Tu t'arrêtes sur une route déserte. Ton garde du corps se sert du cric pris dans la malle arrière pour casser ton pare-brise déjà troué de trois balles et qui se fendille comme une coquille d'œuf. Il le dégage de son cadre en poussant dessus avec ses deux pieds, puis l'emporte et le dépose sur un tas d'ordures. Une brise humide fait battre le col de ta chemise quand tu roules jusque chez toi. Ce soir-là, tu te couches avec ton revolver sous ton lit mais tu ne trouves pas le sommeil. Tu te demandes ce qui va se passer maintenant, si une vengeance brutale t'attend, hypothèse rendue encore plus concrète par les images toutes fraîches que tu gardes de cette tuerie en pleine rue.

Néanmoins, le chef de faction t'apprend dans les jours qui suivent que la photo a été transmise à qui de droit, accompagnée d'un texte explicatif, et que l'homme d'affaires a accepté la cessation complète des menaces à ton encontre. Tu ne sais s'il faut entièrement y croire, si un arrangement qui te dépasse n'a pas été conclu, mais le fait est qu'on te retire ton garde du corps et que, pour la première fois depuis des mois, tu recommences à te déplacer seul et à espérer que tout ira bien, mais tu veilles aussi à mettre de l'ordre dans tes affaires pour le cas où tu te tromperais.

Ton entreprise prospère. Bientôt, cet épisode, sans pour autant devenir un lointain souvenir, perd son caractère obsédant. Tu travailles d'arrache-pied, retournant tard à ton foyer et à ta femme, entièrement concentré sur tes responsabilités immédiates. Tu penses parfois à la jolie fille, et elle aussi pense à toi mais elle ne te contacte pas, se retenant de t'appeler chaque fois qu'elle en a l'impulsion, ne voulant pas déranger ton bonheur conjugal, et tu agis pareillement, pour la même raison. Même si vous n'êtes pas en contact direct, elle a un impact sur votre vie car tu es incapable d'être tout à fait sincère avec ton épouse, tu ne cesses de voir des reflets de la jolie fille en elle, comme si celle-ci était devenue ton idéal de femme dont celle-là ne pouvait qu'être une pâle copie, et tu captes sans arrêt des échos de la jolie fille dans le rire de ta femme et dans ce que tu éprouves entre ses jambes, des échos si douloureux qu'ils t'amènent à te renfermer en toi-même et à garder tes distances.

Tentant de compenser cette froideur sur le plan matériel, tu offres à ton épouse un collier pour lequel tu dépenses une grosse somme, une pièce qui n'a certes rien de comparable à celles portées par les riches héritières et les vedettes, mais dont la modeste splendeur dépasse tout ce qu'elle ou toi avez jamais possédé jusqu'ici. Si ce cadeau la ravit et la touche, l'espoir que ton geste s'accompagnera de la tendresse spontanée dont elle manque tellement s'évanouit rapidement et le collier demeure dans son écrin, seulement sorti en une ou deux occasions dans l'année.

Le temps passant, ta femme est de plus en plus troublée par les attentions que lui portent nombre de jeunes gens à son université, et par son désir de les accepter dans certains cas, tentation aussitôt refoulée puisqu'elle a été élevée dans l'idée que le mariage est un lien sacré et inviolable. La conséquence est qu'elle se met à s'habiller plus modestement, et même à se couvrir la tête dès qu'elle quitte la maison, établissant ainsi autour d'elle une barrière contre la concupiscence et une relative sérénité intérieure.

Et là, allongé près d'elle dans votre lit sans que vos corps se touchent, vaguement distrait par le ronflement du petit générateur que tu as fait installer en bas pour vous prémunir contre les coupures de courant, la tête posée sur une serviette car l'âge et les longues heures passées à ton bureau tendent à te contracter le cou, il ne te vient pas à l'esprit que l'amour de ta femme est peut-être en train de t'échapper, ni que tu vas le regretter une fois qu'il sera parti.

8

Faire ami avec un bureaucrate

Aucun livre de développement personnel ne serait complet s'il ne prenait en compte nos rapports avec l'État. Au cas où il existerait une liste d'éléments cosmiques qui nous unissent, lecteur et écrivain, s'égrenant sur un écran lointain telle l'introduction à quelque épopée de science-fiction cinématographique, se détacherait brillamment de cette énumération le fait que nous évoluons dans un univers financier soumis à la gigantesque attraction gravitationnelle des États. Les États nous tiraillent, nous plient, nous orientent et cherchent sans arrêt à contrôler nos orbites.

Ainsi, tu serais enclin à conclure que le plus sûr moyen de t'en mettre plein les poches est d'activer ton énergie commerçante et, plus rapide que la lumière, de te propulser dans des nébuleuses affairistes aussi éloignées que possible de l'impérialisme économique de l'État. Ce serait une erreur, pourtant : un capitaine d'industrie aventuré dans les landes barbares qui échappent au pouvoir étatique s'expose à des efforts épuisants, à une lutte permanente, à tuer ou être tué, et ce avec très peu de garanties de succès.

Non, décidément, une approche bien plus réaliste est de canaliser la puissance de l'État dans la poursuite de son profit personnel. Deux catégories d'acteurs économiques, distinctes bien qu'étroitement liées, l'ont compris depuis longtemps : les bureaucrates, qui sous leur uniforme de fonctionnaires soutiennent secrètement leurs propres intérêts, et les banquiers, qui sous leur uniforme de brasseurs d'affaires privés sont secrètement soutenus par l'État. Toi, tu vas avoir besoin de l'aide de ces deux corporations, mais comme dans cette Asie en plein essor ce sont les bureaucrates qui ont tendance à ouvrir la voie et les banquiers à suivre, tes chances de réussite durable dépendent étroitement de ta capacité à te lier d'amitié avec le rond-de-cuir le mieux placé pour t'aider.

Tu es précisément assis en face de lui maintenant, dans son vaste et morne bureau, terne comme le sont si souvent les administrations, avec ses fenêtres poussiéreuses, ses portraits encadrés de deux dirigeants de la nation, l'un décédé et l'autre encore vivant, ses lourds sièges en bois massif dont le rembourrage est à refaire et qui pourraient accueillir facilement deux fois plus de visiteurs s'ils étaient disposés autrement, mais qui envoient un signal très clair par leur refus obstiné de changer de configuration. De multiples bakchichs ont été versés afin de permettre cette rencontre, principalement au secrétaire particulier du bureaucrate, sans l'assentiment duquel il semblait impossible de trouver le moindre créneau dans les horaires du chef, mais enfin tu es là, en présence du grand homme en personne, et tu peux enfin exposer tes arguments.

Au mépris de la réglementation anti-tabac, le rond-de-cuir puise dans son humidificateur bien garni et allume un cigare exquisément coûteux qui lui a été offert, sans te proposer plus qu'une tasse de thé. Il connaît ton genre, le self-made-man qui veut arriver coûte que coûte ; si ses origines familiales, son éducation et son tempérament l'inclinent à te considérer avec dédain, il éprouve aussi une certaine satisfaction à t'avoir dans son bureau, car il y a généralement plus d'argent à venir de plaideurs désireux de remettre en cause le statu quo que de ceux qui veulent simplement le maintenir.

Tu es parvenu à lui en remontant un écheveau de ficelles peu ragoûtantes. Les permis refusés, les contrôles négatifs, les compteurs incorrectement lus, les demandes d'inspection, tu as réussi à surmonter toutes ces tracasseries plus ou moins frauduleuses pendant des années en graissant des pattes intermédiaires et peu expérimentées, mais cela n'a été que pour atteindre une impasse. Si ta compagnie est devenue relativement légitime, du moins en ce qui concerne le produit manufacturé, avec une stérilisation habituellement proche des normes en vigueur et une mise en bouteilles sous ton propre nom, ton expansion sur le terrain des grands, celui de l'énorme marché de la manipulation des eaux municipales, a été battue en brèche : seuls les fournisseurs agréés par l'État peuvent répondre aux appels d'offres de la municipalité, et comme ta demande d'obtention de cette licence a été régulièrement rejetée, tu as décidé de remonter jusqu'à la source de ces refus répétés, l'individu qui trône maintenant en face de toi.

Il tire avec insistance sur son cigare, tambourinant du bout des doigts sur le dossier contenant la dernière de tes infructueuses requêtes. Tu continues à réciter les mérites techniques de ta candidature, la solidité de ton capital, ton expérience et la référence de tes multiples clients ravis de tes services. Le bureaucrate te laisse te dépenser de la sorte, t'épuiser dans cette présentation-marathon, et lorsque tu finis inévitablement par te taire il trace un seul mot sur une feuille de papier à l'encre indigo de son stylo plaqué or, puis la pousse dans ta direction. Ce mot, c'est : « Combien ? »

Tu te sens soulagé. Un obstacle a été franchi, maintenant la négociation peut commencer. Néanmoins, tu feins de t'obstiner à argumenter :

« Monsieur, nous remplissons toutes les conditions pour que…

— Vous avez déjà été contractant municipal ?

— Nous sommes en activité dans ce secteur depuis près de vingt ans et…

— Vous avez déjà été contractant municipal ?

— Non.

— Vous avez la certification pour l'être ?

— Pas encore.

— Non. » Il forme un rond de fumée impeccable en jouant tranquillement de la mâchoire.

« Toutes les exigences de l'administration ont été remplies…

— Toutes nos exigences quantifiables, oui. Mon devoir est d'assurer que les non-quantifiables soient également satisfaites. En matière de réputation, par exemple.

— Notre réputation ? On dit que nous sommes très aimables.

— Bien. »

Tu l'observes. Plus proche de la soixantaine que de la cinquantaine, il est donc ton aîné de dix ans au moins et cependant il a des mains dont le velouté rappelle un coussin de nouveau-né, les mains de quelqu'un qui a non seulement échappé au travail manuel en général et aux sports de raquette mais aussi à la simple nécessité de porter lui-même son attaché-case.

Il tapote encore d'un doigt la feuille de papier entre vous afin de ramener ton attention sur sa question écrite. Ces derniers temps, il est malheureusement devenu difficile de savoir si une conversation est enregistrée à son insu ou non, et il préfère donc garder inaudible ce qui pourrait choquer. Tu fais semblant de réfléchir intensément avant d'inscrire une somme que tu veux croire impressionnante ; il la rejette d'un brusque mouvement négatif de la tête, puis en trace une considérablement plus élevée, mais pas autant que tu le redoutais. Tu sens un picotement de triomphe te réchauffer : en acceptant de nouer ce dialogue muet, il a glissé à bas de son trône de vice-roi pour tomber dans l'écurie du commerce. Tu es son acheteur et, bien qu'il soit avisé de ne pas les presser trop fort, tu le tiens par ses énormes, cupides et fort utiles roustons. Tu marchandes encore un peu, mais avec magnanimité.

Toutefois, le bureaucrate ne peut passer à l'acte sans l'aval de ses protecteurs politiques et la semaine suivante, en conséquence, il te reçoit une nouvelle fois pour fixer les derniers détails de votre accord avant de t'envoyer au domicile d'un politicien dont le visage t'est familier grâce à la télévision et aux journaux. Ton chauffeur t'y conduit dans ton 4 × 4 de luxe, mastodonte de seconde main mais presque neuf. Le gardien en uniforme qui a pour fonction d'ouvrir et de refermer le portail de ta maison est installé à ses côtés. Tu es à l'arrière, ostensiblement occupé à vérifier tes e-mails sur ton ordinateur portable et très soucieux de faire impression.

Le spectre du terrorisme a conduit le notable politique à renforcer la sécurité autour de sa résidence : après avoir forcé ses voisins à lui vendre leur propriété, il a fait ériger une muraille d'enceinte coiffée de barbelés qui dépasse de loin la hauteur théoriquement autorisée, et installer des barricades tout aussi illégales à chaque bout de la rue. Des policiers font languidement les cent pas devant, tandis qu'un commando puissamment armé paresse sur la plate-forme d'un pick-up, prêt à l'accompagner dans son prochain déplacement. À ta grande déception, on ne te laisse continuer qu'en abandonnant ton véhicule et ton escorte dehors, et tu subis deux fouilles au corps avant de pouvoir entrer dans la maison.

L'espace de travail du cacique est structuré comme la cour d'un prince des temps jadis, c'est-à-dire qu'une première série de salles d'attente est destinée au commun des mortels, une deuxième aux visiteurs d'un certain rang, avant de parvenir au sanctuaire intérieur, occupé par l'illustrissime et une cohorte de conseillers. Ta pétition est considérée en même temps qu'une multitude de questions sans aucun rapport avec elle, certaines d'ordre public, d'autres très personnelles, d'autres encore apparemment dépourvues de tout motif précis ou plutôt ayant pour motif exclusif d'amuser le politicien. À ton arrivée, un déjeuner interminable a déjà commencé, de sorte que tout se passe dans les bruits de mastication et une fréquente gestuelle qui consiste apparemment à faire claquer plusieurs doigts près de la mâchoire mais dont le but est en réalité d'essayer de déloger de la gorge des lambeaux de gras, des grains de riz et autres résidus alimentaires sans avoir recours à l'eau ou à des serviettes en papier. Rien de tout cela ne te surprend ni ne te déçoit, le bureaucrate t'ayant bien préparé à ce moment, et d'ailleurs ton sentiment prédominant est la satisfaction de te retrouver en présence de telles sommités.

L'affaire est conclue dans une décontraction qui paraît presque saugrenue, le politicien demandant son opinion à l'un de ses sous-fifres par un gros rire et un sourcil levé, un peu comme s'il l'invitait à évaluer la désirabilité d'une prostituée de moyen vol. Un chiffre est lancé, aussitôt accepté par des chuchotements et des hochements de tête obséquieux de ta part, exactement comme le bureaucrate t'a instruit de le faire. Et voilà.

Alors que tu repars dans ta voiture qui plane très haut au-dessus des guimbardes et pétrolettes de la piétaille, sous un ciel que la pollution teinte splendidement de nuances orangées, tu chantonnes tout bas, et seul le fait que des subalternes soient avec toi dans l'habitacle t'empêche de te mettre à entonner un chant de victoire à pleins poumons. Quel chemin parcouru… Tes bureaux sont en vue, qui occupent tout le deuxième étage d'un centre commercial en plein centre-ville, au-dessus d'un alignement de boutiques très courues. Les vigiles et les employés de parking te saluent, les portes d'ascenseur s'ouvrent en grand devant ta venue et les signes de tête entendus que tu adresses à quelques-uns de tes adjoints en passant devant leur table éveillent un murmure de commentaires passionnés. Oui, ton rendez-vous a été un grand succès.

Quand tu rentres chez toi, ton fils est en train de discourir sur la pelouse. Le soir tombe, un moment de la journée dont les moustiques raffolent, et il est en T-shirt et en short... Tu t'inquiètes de voir sa chair brune ainsi exposée, jusqu'à ce qu'il vienne se jeter dans tes bras, t'accordant le plaisir de soulever de terre son vigoureux petit corps, ses vertèbres cliquetant souplement alors que la force de gravité les sépare et que tu captes sur sa peau l'odeur de citron synthétique du spray contre les insectes. Ton fils est un orateur aux bonnes joues, aux cheveux coupés au bol et haut comme trois pommes. Ce soir-là, il a rassemblé devant lui non seulement sa nounou mais aussi le cuisinier et le factotum, qui tous adoptent un maintien nettement plus grave dès que tu es là. Ton garçon leur dispense une harangue construite sur le modèle de ce qu'il a dû voir à la télévision.

« Quand je serai à votre tête... »

Tu écoutes et tu regardes, regrettant comme toujours de ne pas pouvoir passer plus de temps avec lui, l'amener avec toi au travail ou mieux encore rester ici en sa compagnie, au milieu de ses jouets. Tu penses aussi à tes parents, faisant par-devers toi le constat qu'il y a un demi-siècle ils éprouvaient certainement les mêmes émotions que les tiennes maintenant, sans doute avec un degré d'angoisse supplémentaire car si ton fils n'est évidemment pas entièrement à l'abri de la maladie ou de la violence, la probabilité qu'il soit frappé d'une mort prématurée a été spectaculairement réduite par tes accomplissements.

Tu interromps sa performance en te précipitant sur lui avec un rugissement et il s'enfuit dans la maison, poussant des cris de terreur ravie tandis que tu hurles que tu vas le manger tout cru. Une fois entré, pourtant, tu te ressaisis, un alignement de voitures garées dans ta rue t'ayant prévenu qu'une réunion était en cours. Et en effet ton épouse est assise au salon en compagnie d'une douzaine d'autres femmes, toutes la tête couverte et dans certains cas le visage voilé, engagées dans un débat animé. Si le salut que tu lui adresses de loin obtient d'elle une réaction verbale, c'est sur son fils qu'elle porte son regard, et lui seul a droit à un sourire tandis que vous vous dirigez tous les deux vers l'escalier, suivis de la nounou qui porte sa trottinette. La conversation s'est tue autour de ta femme quand son attention a été soudainement détournée par votre passage, mais elle reprend avec la même intensité dès qu'elle incline la tête et adresse à ses visiteuses un geste qui consiste à élever ses deux paumes devant sa poitrine comme si elle maîtrisait quelque force intangible mais substantielle, ou exprimait une exaspération aussi profonde que partagée, ou bien encore soutenait une paire de seins invisibles.

Cela fait cinq ans, l'âge de ton fils, que tu n'as plus pénétré le corps de ta femme. Auparavant, la fréquence des relations sexuelles entre vous s'était déjà notablement réduite et seul un heureux coup de dés biologiques peut expliquer qu'elle soit tombée enceinte aussi rapidement après avoir achevé ses études et retiré son diaphragme. L'accouchement a été moins facile, toutefois, une déchirure périnéale au troisième degré endommageant gravement son sphincter. Grâce à la chirurgie réparatrice et à des heures et des heures de physiothérapie, elle a réussi à triompher de l'incontinence qui en avait résulté et elle est maintenant libérée des couches-culottes qu'elle avait dû porter, contrainte exaspérante pour une femme aussi jeune qu'elle. Pendant toute cette épreuve, tu as été presque complètement absent, portant au mieux un intérêt aussi vague que maladroit aux détails de ces séquelles. Accaparé par ton travail, embarrassé par les préventions de ton éducation et de ton sexe, et par ailleurs consumé de désir pour cette autre femme inaccessible, tu as payé toutes les notes d'honoraires qu'il fallait mais tu n'as guère fait plus.

L'existence de ton fils t'a transformé, pourtant. Médicalisée, accompagnée de sang, de cris de douleur et d'une odeur de désinfectant, sa naissance avait été comme une mort. Cette expérience t'a traumatisé, mais elle a aussi peu à peu libéré des réserves d'émotion oubliées. La paternité t'a appris que, même à ton âge, l'amour était quelque chose de praticable. Oui, il est possible d'adorer des êtres surgis tardivement dans ton univers, d'envisager un avenir commun et comblé avec ceux qui n'appartiennent pas à ton passé. Et donc, muni de cette nouvelle sagesse, tu t'efforces de séduire à nouveau ton épouse, de construire une famille fondée sur ce lien précieux qu'est votre fils, de te gagner sa joie, ses sourires et ses caresses, de la ramener près de toi et non plus dans le lit jumeau qu'elle occupe parallèlement au tien.

Quand tu cherches à te tourner une nouvelle fois vers elle, cependant, quand pour la première fois tu veux la voir comme une adulte, une mère et quelqu'un d'en effet merveilleux, une lutteuse admirable de beauté mûrissante et d'inflexible détermination, quand tu aimerais converser avec elle, toucher son bras, sa joue, sa cuisse, tu t'aperçois que ton épouse n'est pas intéressée. Elle ne t'a jamais accablé de reproches et de récriminations. Au contraire, elle continue à te manifester une sympathie pleine de tact vis-à-vis des aléas de ton âge, avec son cortège de petits tracas qui affectent ton dos, tes dents, tes genoux, un âge qui a commencé à paraître toujours plus éloigné du sien, mais elle fuit les discussions qui ne seraient pas d'ordre purement pratique et se trouble devant tes tentatives d'aller plus loin, comme si elles violaient les termes de la trêve établie entre vous. Son intérêt se porte ailleurs, sur son fils et sur son groupe d'activistes inspirées par la religion.

Au milieu de celles-ci, elle fait preuve d'une gravité qui dépasse de loin le nombre de ses années, elle en impose même si nombre de ces femmes sont ses aînées. Sa formation juridique et sa relative prospérité lui confèrent logiquement un avantage, bien sûr, mais c'est surtout son maintien, son autorité naturelle et son intrépidité patente qui ont conquis les autres femmes de son cercle, tout cela couplé à son irrésistible chaleur qu'elles recherchent toutes mais qui n'est accordée qu'à quelques heureuses élues.

Lorsque, drapée dans son châle, elle arrive ce soir-là pour endormir votre fils en lui lisant une histoire, tu es conscient de le serrer encore plus fort dans tes bras non seulement parce que ton amour pour lui est immense et sincère mais aussi parce que à cet instant, en l'enlaçant, tu détiens quelque chose qu'elle désire aussi, et c'est là une sensation plaisante que tu voudrais prolonger tout en te sentant triste, voire honteux, de ne l'éprouver que pour cette raison.

Dans l'espoir que cela infléchisse favorablement tes relations avec ta femme, tu as embauché l'un de ses frères il y a quelques mois. Il a rejoint un peloton déjà considérable de parents plus ou moins éloignés et de membres de ton clan qui touchent un salaire de toi, la plupart sans contribuer de manière significative au fonctionnement de ton entreprise. Dès le début, pourtant, il s'est distingué des autres par son intelligence et sa compétence, au point que tu envisages d'en faire ton bras droit. Et c'est avec lui, une fois que le bureaucrate t'a remis ta licence officielle et que tu as obtenu ton premier contrat destiné à renforcer l'alimentation publique en eau potable, que tu te rends sur la côte pour faire passer la douane au nouvel équipement que tu viens d'importer.

Vous prenez ensemble la route de l'aéroport. Un terminal flambant neuf s'élève de l'autre côté de la piste d'atterrissage face à son prédécesseur, édifié sur des terres jadis arables mais désormais envahies par la large courbe du périphérique, des banlieues champignons, des installations de la défense nationale, des villages bidonvillisés, des terrains de golf et, de temps en temps, un champ âprement convoité et encore épargné par le béton où percent les tiges de chou tubéreux, de blé ou de maïs.

En raison d'une classe moyenne hypertrophiée qui fait saillie sur l'anatomie par ailleurs rachitique de la population tel le biceps d'un adolescent s'adonnant à outrance au culturisme, la demande pour les voyages aériens connaît une augmentation que la compagnie nationale est tout bonnement incapable de satisfaire, de sorte que tu t'es rabattu sur l'un des nombreux opérateurs privés, et très relativement contrôlés, afin d'avoir un vol à l'heure qui te convenait. Une fois à bord, tu as du mal à ignorer le passé militaire de l'appareil, qu'on devine à la forme étrange de ses réacteurs et à la rampe d'accès de l'arrière du fuselage, qui semble avoir été conçue pour embarquer des obusiers ou des transports de troupes blindés. Bien que tu aies toujours été fataliste quand il s'agit de voler, ta conscience paternelle apprécie peu l'idée de quitter pour toujours ton fils aussi vite, éventualité que ton imagination ne peut repousser alors que vibrations et trépidations secouent la carlingue au décollage.

Pour sa part, ton beau-frère a l'air emballé de voyager en classe affaires et de savoir que vous allez descendre dans un hôtel chic. Il ressemble à ta femme, ou plutôt à une version d'elle rembourrée, compressée et pourvue d'une moustache. Ta femme réduite en hauteur, développée en largeur et épaisseur, et masculinisée comme par un programme informatique dans la galerie des glaces d'un musée des sciences. Il a le même teint pâle, la même bouche sensuelle, les mêmes tics de langage. Sans en avoir vraiment conscience, tu t'es autorisé à l'apprécier non pour le contenu de sa personnalité mais pour la fidélité de son écho.

En quittant la zone de livraison des bagages à ta destination, tu es comme toujours stimulé par la bouffée d'air chaud et salé qui te saute au visage. Pour toi, cet endroit est indissociablement lié à l'argent et à la belle vie. Autour de toi, les gens qui se pressent ont une apparence plus diverse que ce que tu vois dans ta ville, ils s'expriment dans des dialectes plus variés, leur peau, leurs lèvres et leurs cheveux révèlent une palette géographique d'évolution plus riche. Ils ont été poussés dans cette cité colossale par le commerce que génère son port, à cheval sur les lignes maritimes qui unissent l'Asie mutante à l'Afrique, à l'Océanie et plus loin encore, mais aussi par la force d'attraction qu'exerce à elle seule sa taille effarante.

Une limousine vous amène souplement à votre hôtel, situé dans un quartier prestigieux où s'accumulent les consulats et les bureaux de multinationales, réunis ici par l'histoire coloniale mais aussi par l'accès relativement aisé à une évacuation navale en cas de besoin. Perché dans ta chambre, tu laisses tes yeux errer sur la mer, spectacle fascinant pour un homme des plaines reculées comme toi, et tu contemples sa surface fracturée attrapant la lumière, des nuages épars changeant les pixels de ses nuances en filant au-dessus d'elle. Tout en grignotant de minuscules chocolats et un assortiment de baies exotiques, trop délicates pour constituer un vrai repas, tu te dis : « Ça doit être ça, le succès. » Tu distingues au loin les quais où tes machines attendent.

À égale distance mais dans la direction opposée le long de la côte, et sans que tu le saches, se trouve la résidence de la jolie fille. Elle est à cet instant assise au bord de son bassin de natation, à l'ombre d'un arbre, en maillot de bain de couleur fauve et lunettes de soleil rétro, et sirote un cordial sans sucre à travers une paille pliable. Elle vient de rentrer d'un périple qui l'a conduite dans une série de péninsules et d'archipels, dernier en date des voyages d'affaires d'une durée d'un mois qu'elle accomplit maintenant pendant la moitié de l'année, déplacements qui, pour un séjour d'une semaine, en demandent généralement deux pour obtenir un visa.

Vous allez renouer pendant ta visite, indirectement du moins, par le truchement d'un directeur qui le jour travaille à la compagnie de transit familiale et, la nuit, hante assidûment les cercles de l'art contemporain et de la mode. Alors qu'il te félicite dans son bureau de la chance que tu as eue que ton bureaucrate intervienne auprès de collègues des douanes afin d'accélérer la procédure d'importation de ton équipement et de réduire ainsi tes charges de surestaries, tu aperçois sur sa table une photo de lui à une cérémonie de remise de prix, au milieu d'un groupe de célébrités. D'un ton qui se veut détaché, tu lui demandes s'il connaît la jolie fille et il répond qu'il se trouve que oui.

C'est par lui que tu apprends – car elle n'est pas apparue à la télévision depuis un moment – qu'elle va bien et qu'elle est même très occupée, ayant ouvert une boutique de décoration intérieure dernier cri. Il te révèle aussi, parce qu'il a l'œil pour ce genre de détails et qu'il a immédiatement compris que tu ne disais pas toute la vérité en prétendant que vous étiez simplement de vieilles connaissances, qu'elle est l'amante d'un architecte de renom devenu récemment veuf.

Ces indications te donnent d'elle une image d'une grande clarté même si elle n'est que le produit de la mémoire et de l'imagination, une image qui t'inspire une émotion intense, tu ne saurais dire laquelle précisément, joie, tristesse, les deux ou ni l'une ni l'autre, tu sais juste que c'est intense, à en couper le souffle, comme une crise d'asthme où l'on se retrouve brusquement incapable de vider ses poumons. Et sa réaction à elle est assez similaire lorsque, quelques semaines plus tard, le transitaire la repère dans une garden-party au bord de la mer et se glisse jusqu'à elle, plein de bagout, certain qu'elle va être plus surprise par le nom qu'il s'apprête à laisser échapper, que par un pet gargouillant durant une étreinte passionnée.

C'est ainsi que la jolie fille découvre que tu es père, coïncidence plutôt ironique – même si elle n'a jamais désiré avoir d'enfants – puisqu'elle-même a atteint récemment la ménopause, et aussi que ton affaire est florissante, et encore, un peu plus loin dans les confidences, que tu conserves un je-ne-sais-quoi de sexy dans ton allure, une virilité rustique, une touche de rudesse non déplaisante, une crudité chaloupante propre aux gens de tes contrées béotiennes, tout cela vraiment vraiment chaud et tellement absent ici… Elle sourit à cette description, en demande encore mais choisit de ne pas divulguer le passé que vous avez en commun, pour diverses raisons et notamment parce que, n'en ayant jamais parlé à quiconque jusqu'ici, il lui semble incongru de le faire maintenant, après tant d'années. Elle se contente d'indiquer qu'elle et toi avez eu quelque chose l'un pour l'autre, il y a longtemps.

Pour sa part, elle est relativement satisfaite de son sort. La transition entre son statut de gastronome mutine à la télévision et celui de propriétaire d'un showroom de cuisines design, puis de distributrice de mobilier international fabriqué à la pièce et de tout un bric-à-brac aux prix exorbitants, n'est pas allée sans difficultés passagères, mais désormais son affaire tourne rondement et elle a une excellente assistante, une femme divorcée qui a de la culture et toute latitude de l'accompagner et de lui servir d'interprète dans ses longs voyages à l'étranger, voyages que la jolie fille aime beaucoup car elle les considère comme de nouvelles aventures à chaque fois. Quant à ses liaisons sentimentales, elles n'ont peut-être pas été particulièrement enflammées ces derniers temps, certes, mais elles continuent au moins à se produire.

Au moment où elle parle de toi avec le transitaire, les yeux sur deux serveurs en habit traditionnel qui tentent de déplacer une énorme orchidée sculptée dans un bloc de glace, tu observes toi aussi des hommes en plein labeur sur le chantier de ta station d'extraction d'eau souterraine, flanqué de ton beau-frère. En dépit de la taille modeste du projet, celui-ci a fait distribuer des casques à tous tes employés, trouvaille que tu apprécies parce qu'elle donne une note de professionnalisme à l'ensemble. Sous ce deuxième crâne en plastique sur lequel le soleil tape sans pitié, ton cuir chevelu transpire abondamment, et de petits ruisseaux de sueur te brûlent les yeux, déposant une caresse salée sur la commissure de tes lèvres.

Sous tes pieds s'étend la nappe phréatique toujours plus enfoncée sous terre et maintenant percée de milliers de tubes en acier reliés à des pompes qui l'aspirent avidement. Ta station n'est pas la plus importante de toutes mais elle est plus propre que la plupart des autres, étincelante, impeccablement entretenue et tout à fait neuve. Et pourtant tu captes soudain un effluve passager et inexplicable – ou bien est-ce une illusion ? –, apporté à tes narines par la brise brûlante : une odeur de rouille, pareille à celle du sang.

Ton épouse est sans doute en train d'intervenir avec son groupe pour venir en aide à une énième femme battue, une divorcée restée sans toit, une veuve déshéritée, des actions qui ne poursuivent que le bien et n'ont aucun rapport avec toi mais qui, d'une certaine façon, contiennent un certain degré de reproche implicite. Tu fermes un instant les yeux, brièvement saisi d'une étrange sensation de regret, peut-être en raison des retards pris dans le développement de la station de pompage, ou du triste état de ta vie conjugale, ou d'être devenu père si tard, probablement destiné à ne connaître qu'une courte partie de la vie de ton fils. Et puis cette saute d'humeur passe, tu te ressaisis, tu craches dans la poussière un caillot de glaires coagulées et tu poursuis ta route après avoir exhorté ton équipe de forage à redoubler d'ardeur.

9

Se faire le mécène des artistes de la guerre

Nous ne sommes qu'information et nous sommes tous de l'information, tous, lecteurs ou écrivains, toi ou moi. L'ADN de nos cellules, les impulsions bioélectriques de notre système nerveux, les émotions chimiques dans notre cerveau, les configurations d'atomes en nous et les particules subatomiques en elles, les galaxies et les constellations en rotation que nous percevons non seulement en regardant au loin mais aussi en regardant au-dedans, tout cela, jusqu'au moindre bout et au moindre bip, est de l'information.

Maintenant, est-ce que cette masse d'information cherche à se rendre intelligible à elle-même, est-ce là véritablement le but auquel tend notre univers ? Nous ne le savons pas encore avec certitude, évidemment, mais le fait que nous autres humains ayons évolué, que nous soyons des amas d'information capables d'une compréhension toujours plus développée de celle-ci, semble indiquer que ce pourrait être le cas.

Ce que nous savons déjà, c'est que l'information est un pouvoir, et qu'ainsi elle est devenue indispensable à la guerre, la forme la plus crue que peut revêtir la recherche du pouvoir. Dans le combat moderne, le pilote de chasse filant au-dessus de la terre à deux fois la vitesse du son enregistre avec chacun de ses yeux différents courants d'information : échos radar et traces thermiques avec l'un, disons, et reflets du soleil sur une surface de métal lointaine avec l'autre. C'est un exploit qui exige des années d'entraînement de l'esprit et des organes sensoriels, un minutieux recâblage de l'être humain – ou son perfectionnement, si tu veux –, et pendant ce temps, au sol, le général suit simultanément le développement de sa trajectoire et d'autres qui n'ont aucune relation avec elle, exactement de la même façon que le trader surveille le capital-investissement des marchés émergents sur son écran, que le maniaque de la télécommande saute de chaîne en chaîne, que l'usager moyen ouvre de multiples fenêtres sur son ordinateur, et tous nous apprenons à combiner ces multitudes d'informations, à y trouver des motifs identifiables et inévitablement à nous chercher nous-mêmes parmi leur flot, à reformer à partir de narrations multiples et ponctuelles l'histoire cohérente d'une individualité plausible.

Il est possible que personne ne s'emploie à cette tâche avec plus d'obstination revêche et de férocité tutélaire que les sommets des agences chargées de la sécurité nationale. Ces artistes de la guerre débordent d'activité même quand leur État est officiellement en paix, la quête du pouvoir étant une pulsion insatiable, et en l'absence d'hostilités ouvertes on les trouve en train soit de chasser le sempiternel ennemi intérieur, soit de se répartir le butin toujours prudemment laissé à portée de la main de ceux qui sont capables de déclencher un massacre par pur caprice, une rapine qui de nos jours se déguise souvent sous l'apparence de conventions d'achat et de transferts d'actions. Devenir le partenaire de telles entreprises revient à être invité à embarquer dans le grand hélicoptère de combat triplement blindé, doté des appareils de brouillage de signaux les plus performants et cracheur de munitions à uranium appauvri en route vers la fortune, et il est donc tout naturel que tu envisages présentement de te hisser à son bord.

Du point de vue des appareils de sécurité nationale du monde entier, ton existence est attestée en plusieurs endroits. Tu apparais sur les registres de propriété et de l'autorité fiscale, dans les bases de données des passeports et des cartes d'identité. Tu surgis sur les manifestes de passagers et les relevés d'appels téléphoniques. Tu bourdonnes dans les serveurs militaires et sécuritaires à la cuirasse électromagnétique et aussi, profondément enfoui sous de verts pâturages et d'imposantes montagnes, dans leurs banques de secours. Tu existes dans le dessin compliqué d'empreintes digitales, dans les relevés de dimensions faciales, dans les historiques dentaires, dans les transcriptions de voix, dans les courbes de dépenses personnelles, dans les échanges d'e-mails. Et maintenant, tu es aussi l'une des deux silhouettes sanglées en costume de bienfaiteur à l'arrière d'une automobile de luxe qui s'approche d'un policier militaire en treillis-rangers à un barrage d'accès de la principale caserne de ta ville.

Ce dernier ne dispose que de quelques secondes pour décider quel véhicule stopper pour que son unité le fouille de fond en comble. Les camions, les autobus et les voitures particulières qui comptent au moins trois passagers exclusivement de sexe masculin et n'ayant pas atteint la cinquantaine sont obligatoirement inspectés ; pour les autres, il se fie à son instinct et également à l'improvisation, car être trop prévisible est un défaut mortel dans n'importe quel système de défense. Et bon, il n'aime pas du tout votre bobine. Les civils prospères, d'après lui, sont une sous-catégorie de voleurs qui depuis des générations pillent éhontément ce malheureux pays. Le problème, c'est qu'ils sont aussi souvent susceptibles d'avoir des contacts avec les généraux, ce qui les rend difficilement classables dans aucun des cinq niveaux de la hiérarchie par ailleurs immuable qui est la sienne, à savoir officier, sous-off', conscrit, citoyen loyal et ennemi. Il étudie ton expression, note ton air calme et assuré, scrute le visage de ton collègue, celui de ton chauffeur, et vous fait signe de passer.

Une série de caméras de surveillance suivent votre progression à travers ce territoire militaire, et dans leurs capteurs optiques monochromes le luxueux fini métallisé de ta berline s'éteint en un gris miteux. Ce que tu traverses maintenant est un paysage qui a peu changé depuis l'indépendance : gazons impeccables, mess d'officiers à la façade décorée de blasons de régiments, arbres aux troncs revêtus d'une jupe de chaux à hauteur de la ceinture. Les demeures des descendants de commandants de corps d'armée et de divisions avoisinent celles des magnats de l'oligarchie commerçante. Partout règne une impression d'ordre intangible et de sérénité ombragée, quelque chose de plus en plus rare dans ta ville qui pour l'essentiel bouillonne et grince autour de cette enclave fortifiée comme une immense horde nomadique faisant le siège d'un château royal.

Une autre compagnie de police militaire surveille votre sortie du périmètre et, dix minutes plus tard, ce sont des vigiles privés qui vous regardent passer sous l'arche marquant l'entrée d'un grand complexe résidentiel exclusif, développé, commercialisé et administré par l'un des conglomérats liés à l'armée. Sur le toit du quartier général de cette entité prestigieuse, un tireur d'élite vous suit dans sa mire tandis que ton beau-frère, qui est maintenant ton bras droit officiel, et toi-même descendez de voiture. À l'intérieur, un général de brigade à la retraite vous serre la main, vous conduit à la salle de réunion et vous expose avec un orgueil de propriétaire la dernière combine des promoteurs.

« La phase 10, c'est du sérieux, annonce-t-il. Plus gros que les phases 1 à 5 réunies. Et que les 7 et 8 combinées. Plus gros même que la 6, qui était un sacré morceau. La 10, c'est un tournant. L'emblème planté sur le tout. Avec elle, nous passons à une étape supérieure. La 10 aura sa propre centrale électrique. Plus de pannes de courant, avec la 10 ! »

Il s'interrompt, attendant une réaction.

« Incroyable, lui accorde ton beau-frère. Extraordinaire.

— Mais ce n'est pas tout. D'autres sociétés immobilières font pareil, elles produisent elles-mêmes leur électricité. Nous lançons la même chose dans toutes nos résidences, dans toutes les villes où nous sommes présents. Ce qui rend la phase 10 absolument unique, et c'est pourquoi vous êtes ici, c'est l'eau. La flotte, vous me suivez ? Avec la 10, quand tu ouvres le robinet, tu peux boire ce qui en coule. Partout ! Dans ton jardin, à la cuisine, dans ta salle de bains. De l'eau potable ! Entrer dans la phase 10, ce sera comme arriver dans un autre pays. Un autre continent ! Comme si on avait été transporté en Europe. Ou en Amérique du Nord.

— Et sans quitter le pays, complète ton beau-frère.

— Exactement ! Sans quitter le pays ! On sera toujours chez nous, mais dans une version totalement sécurisée, retranchée, entretenue nickel, éclairée la nuit, épargnée des nuisances sonores, parfaitement réglementée. Un exemple pour toute la nation, et pour nos compatriotes à l'étranger également. Un environnement où même l'eau sera aussi bonne que la meilleure du monde. La classe ! La classe internationale.

— Fabuleux ! » Ton beau-frère exécute le salut militaire pour donner encore plus de poids à son enthousiasme.

« C'est faisable ?

— Oui. »

Le général de brigade à la retraite sourit. « Bonne réponse ! Oui, nous savons que c'est faisable. Ce que nous voulons savoir, maintenant, c'est qui va pouvoir le faire. Qui sera notre partenaire local. Nous mettons sur pied une filiale de production d'eau potable. Nous aurons des consultants internationaux top-niveau mais nous avons besoin d'un exécutant ici même, quelqu'un avec des antécédents et des références dans cette ville. C'est pour cette raison que vous êtes sur notre liste de présélection. Ce sera sous notre marque, partie intégrante de notre image publique, naturellement, mais nous ne pouvons pas développer une chose pareille tout seuls. Pas encore. Et donc, il y a un beau petit pactole à se faire en travaillant avec nous, surtout dans la période de préparation.

— Nous sommes enchantés d'avoir cette opportunité.

— Vraiment ? » Le gradé regarde avec insistance dans ta direction, ton silence durant tout l'échange ne lui ayant pas échappé. Il sait reconnaître un vieux singe de loin et il croit deviner à quoi tu es en train de penser. Les défis techniques sont importants, à commencer par le fait que la nappe phréatique sous la ville est de moins en moins atteignable et se révèle plus polluée chaque année, les produits chimiques empoisonnés et les toxines biologiques s'y infiltrant comme les substances altératrices dans les veines surmenées d'un héroïnomane. Des extracteurs surpuissants et des purificateurs perfectionnés seront nécessaires de même que, très probablement, un plan de captation des eaux des canaux d'irrigation destinés à l'agriculture, ressource âprement disputée bien qu'elle aussi menacée par les écoulements de pesticides et d'engrais.

Pour autant, il soupçonne que ce ne sont pas ces obstacles qui expliquent ta réserve. Non, se dit le général de brigade, tu es soucieux parce que tu sais fort bien que quand nous, les militaires reconvertis dans le business, décidons d'une percée sur un nouveau marché, les lignes de front se déplacent à grande vitesse. Nous obtenons des autorisations refusées à tout autre entrepreneur. Devant nous, la paperasse s'envole comme par magie pour se plaquer sur nos concurrents et les submerger. Ainsi, nous pouvons avancer rapidement, ce qui fait de nous de redoutables adversaires. Mais c'est justement là la force d'attraction de nos projets, et dans le cas présent nous allons poursuivre celui-ci coûte que coûte, que tu t'allies à nous ou pas. Sans doute est-il préférable de se placer de notre côté plutôt que d'être un obstacle de plus que nous écarterons facilement de notre chemin. Et aussi, du moins à court terme, nous proposons simplement trop d'argent frais pour que tu te détournes de nous.

De sorte que, inévitable et prévisible, ta réponse arrive : « Oui. »

Le gradé opine du chef. « Très bien. Nous vous ferons parvenir l'appel d'offres en début de semaine prochaine. Messieurs… »

Il se lève, mettant un point final à l'entretien.

Ce soir-là, l'un de tes quatre gardiens en uniforme et armés de fusils à pompe quitte la guérite attenante au portail en acier blindé pour patrouiller sur le périmètre de ta propriété. Avec leurs quarts de douze heures en double, et complétant l'enceinte hérissée de barbelés ainsi que le 9 millimètres automatique que tu conserves dans le tiroir fermant à clé de ton bureau, ces vigiles sont un élément essentiel du dispositif que tu as mis en place pour défendre ta demeure contre les cambrioleurs, kidnappeurs et autres rivaux malfaisants, ces dangers permanents que ta prospérité suscite. Celui-ci, un militaire de carrière ayant pris sa retraite de l'infanterie, survit en additionnant le salaire versé par la société de vigilance qui l'emploie, les primes que tu lui octroies les jours de fête et sa pension de l'armée. En échange de cette dernière, ou peut-être mû par un patriotisme plus désintéressé, il place ses yeux et ses oreilles au service de la sécurité nationale, ce qui fait de lui une infime partie de ces immenses essaims de subordonnés qui s'activent non seulement dans ta ville mais dans toutes les cités de tous les pays du monde.

À cet instant, ses yeux et ses oreilles, ou disons plutôt ses yeux car la distance diminue considérablement l'utilité de son appareil auditif, le rendent en mesure de signaler dans son prochain rapport que tu es visible par l'une des fenêtres de l'aile du bâtiment qui est la tienne, assis à la table du dîner et attendant l'arrivée de ton fils comme c'est régulièrement le cas à cette heure-ci, et que ledit fils est présentement en train de traverser le grand hall qui sépare ton aile de celle occupée par ton épouse. Celle-ci est maintenant une dame très respectée pour l'association charitable à but non lucratif et d'inspiration religieuse qu'elle dirige. Quand ce gardien assure le quart de jour, ses occupations de loin les plus fréquentes consistent à recevoir les enveloppes recommandées contenant les donations destinées à son organisation, et à ouvrir et refermer le portail pour son escouade de volontaires féminines pleines de zèle et pieusement vêtues.

Il est bien connu parmi tes vigiles et les autres employés de maison que la division entre ta femme et toi ne se limite pas à la répartition de l'espace dans votre demeure mais s'étend aussi aux domaines de la sexualité et des finances, entre autres. Elle dort toujours seule et tient à payer toutes ses dépenses en puisant dans le modeste salaire qu'elle reçoit de son association. La servante qui s'occupe de son linge l'a entendue déclarer qu'elle continuerait cette cohabitation formelle seulement jusqu'à ce que votre enfant parvienne à l'âge adulte, échéance qui ne se trouve maintenant qu'à un horizon de deux ans. Pour le gardien, qui est au courant de cette résolution, ta femme représente une héroïne d'un romantisme bouleversant, à la fois chaste et déterminée, et la seule vue d'une mèche de ses cheveux grisonnants qu'elle refuse de teindre s'échappant parfois de son voile suffit à précipiter les battements de son cœur sénescent.

Pour l'heure, il te regarde donner l'accolade à ton fils, qui vient de te rejoindre pour le dîner. C'est un garçon grand pour son âge, déjà presque de ta taille, mais mince et efféminé, un adolescent terriblement asocial qui passe un temps peu ordinaire dans l'exil volontaire de sa chambre. Pourtant, tu le couves du regard comme s'il était un champion aux muscles fermes et à l'esprit vif, naturellement prédisposé à se transformer en meneur d'hommes. Et dans la maisonnée on dit souvent que, pendant cette heure où tu partages le pain avec ton fils, tu souris et tu ris plus que pendant les vingt trois autres réunies.

Plus tard ce même soir, par la fente entre les rideaux de ton bureau personnel, le gardien te voit allumer une lampe et t'installer dans un fauteuil où il ne peut plus te distinguer, seul. Ton homme de confiance entre dans la pièce, portant sur un plateau des cachets contre le cholestérol et des anticoagulants, une cuillerée de glume de plantago psyllium et un verre d'eau. Il repart les mains vides, la lampe reste allumée mais le gardien curieux n'a plus d'indication quant à tes activités.

En ligne, par contre, ta trace peut être aisément suivie et c'est ce qui se passe, comme pour nous tous, tandis que tu vérifies tes mails, que tu consultes les nouvelles, que tu effectues une recherche et que tu te retrouves à t'attarder de manière incongrue sur le site d'une boutique de décoration. Il n'y a pas grand-chose là-dedans, pas de page de commandes ni même un catalogue. Il se résume à une page d'accueil avec un texte et quelques photos, un onglet de contact présentant des numéros de téléphone, une adresse et une carte, plus une rapide biographie de la propriétaire, une femme d'une soixantaine d'années à en juger par la photographie, dont la carrière est variée et peu banale. En somme, c'est un drôle d'endroit du cyberespace pour arrêter l'attention d'un industriel de l'eau potable. Le relevé de tes vagabondages sur Internet indique que tu ne l'as pas visité auparavant, et il n'y aura pas de traces d'autres visites de ta part.

Le site en question est enregistré dans une autre ville, sous l'adresse de résidence de sa titulaire qui, à l'instar de nombreux utilisateurs d'ordinateur – de la plupart, peut-être –, ne s'est jamais trop préoccupée de détails tels que pare-feu, mises à jour du système, outils antivirus… En conséquence, son ordinateur portable, aussi élégant et sophistiqué soit-il, grouille littéralement d'une faune digitale, à peu près comme son clavier grouille de micro-organismes et de bactéries invisibles à l'œil nu, sauf que parmi ces colonisateurs encodés se trouve un programme développé par l'armée qui permet d'allumer et de contrôler à distance la caméra et le micro incorporés, ingéniosité dont aucun protozoaire unicellulaire ne serait probablement capable et qui permet de transformer l'ordinateur en instrument de surveillance clandestine ou, selon les motivations de l'administrateur de ce logiciel, en vecteur de strip-tease voyeuriste et de pornographie.

Pour l'heure, toutefois, rien d'aussi titillant ne semble être en cours. L'appareil est ouvert sur un plan de travail et sa caméra montre une femme assise seule devant une table basse, occupée à terminer un repas et une bouteille de vin rouge. La jolie fille paraît attentive, ne regarde pas ses mains ni ce qu'elle mange mais on entend de la musique, puis une conversation, puis un orage, et il devient évident qu'elle est en train de regarder un film. Quand celui-ci s'achève, elle éteint les lumières et disparaît. On perçoit vaguement le bruit d'un robinet qui coule. Elle émerge dans sa chambre à coucher que l'on aperçoit par la porte ouverte, vêtue d'un pyjama, se nettoyant le visage avec plusieurs disques en coton qu'elle imprègne d'un liquide transparent. Elle ferme la porte, la verrouille même car le micro de son ordinateur capte le son métallique d'un loquet. La lampe encore allumée là-bas ne l'est soudain plus, mettant fin à la lueur qui passait tout autour du chambranle.

Le lendemain soir, la jolie fille rentre tard chez elle. Elle est habillée comme si elle revenait d'une réception, avec un top à haut col qui découvre entièrement ses bras souples, musclés et parcourus de veines, mais la soirée suivante elle est de nouveau seule chez elle, dîne et boit du vin en solitaire tout en regardant un film. Cette troisième fois, elle reçoit un appel téléphonique sur son ordinateur. C'est une voix de femme, qu'il est facile d'attribuer à l'assistante de la jolie fille puisque le numéro de portable sur lequel elle téléphone est associé à un compte de messagerie électronique où transparaît régulièrement son activité pour la boutique de décoration.

Leur conversation, enregistrée, est empreinte d'une chaleur qui prouve que ces deux-là sont non seulement liées par leur profession mais aussi par une véritable amitié. Elles discutent d'un voyage de prospection dans un pays tropical réputé pour ses forêts luxuriantes, ses îles innombrables, ses montagnes volcaniques et, peut-on déduire, la qualité de ses meubles. Filmée par la caméra de son ordinateur, la jolie fille semble pleine d'enthousiasme, voire d'excitation, à l'idée de prendre de nouveau son envol pour une destination lointaine. Son assistante lui annonce qu'elle a reçu leurs visas respectifs, que leur vol et leur hôtel sont réservés et que leurs contacts sur place, prévenus, les attendent. Des noms de restaurants sont cités, ainsi qu'un certain genre de musique qu'elles projettent d'aller écouter. Départ dans une semaine.

Quand elle coupe la communication, la jolie fille est souriante. Ce soir-là, son ordinateur est incliné de telle façon que sa chambre à coucher, et donc ses rites précédant le sommeil, ne peuvent être vus. Ce que l'objectif fixe, ce sont les barreaux à ses fenêtres, très épais et rapprochés les uns des autres, ainsi que le boîtier carré d'un capteur de mouvement installé en hauteur sur l'un des murs ; en dessous, près de la porte d'entrée, on distingue un petit panneau à touches qui fait partie du système d'alarme général de la maison et sur lequel un voyant clignote alternativement en vert et en rouge, indiquant qu'il a été enclenché. Cela s'est peut-être fait automatiquement, à une heure programmée, ou bien la jolie fille l'aura activé depuis une unité de contrôle à portée de sa main.

Dehors, le poste de police le plus proche reçoit une plainte téléphonique signalant des coups de feu. Personne n'est envoyé immédiatement sur le terrain pour enquêter. Ailleurs, un corps décapité et dont tous les doigts ont été coupés sera retrouvé sur une plage. Les statistiques de criminalité confirmeront par la suite qu'un nombre significatif de résidents aisés sont à ce même moment en train de se faire cambrioler ou agresser. C'est le contact entre l'extrême richesse et la pauvreté excessive qui provoque de tels incidents, on le sait, mais les luttes de partage du territoire au sein de la pègre organisée éclipsent toutes les tentatives individuelles de réappropriation armée des bijoux ou des téléphones portables, et c'est pour cela que, même dans cette ville particulièrement marquée par l'inégalité sociale, la grande majorité des actes de violence de cette nuit-là se produiront dans des quartiers franchement déshérités.

Des forces paramilitaires sont déployées pour empêcher ces batailles entre mafias de s'étendre trop rapidement à des périmètres jugés essentiels à la sécurité nationale, comme le port par exemple, aux zones résidentielles de grand standing ou aux artères commerçantes de première catégorie, celles où s'élèvent les quartiers généraux des principales firmes et banques de la ville. En ce moment même, d'ailleurs, un barrage de ce genre filtre la circulation à un jet de pierre de la tour imposante qui est le siège de l'entité bancaire gérant les comptes de la jolie fille, de sa boutique et de son assistante.

Un examen de ses mouvements financiers révèle que, sans être pleine aux as, la jolie fille a une somme rondelette de côté pour un éventuel coup dur et que les revenus générés par sa boutique, bien que fluctuants, restent en général supérieurs à ses dépenses. Son assistante détient un pouvoir notarié sur le compte en banque de la société, ce qui indique un niveau de confiance assez exceptionnel, et perçoit un salaire non négligeable qui a régulièrement été augmenté au cours des quinze années écoulées depuis qu'elle est entrée au service de la jolie fille. Son loyer, ses charges mensuelles et l'absence de tout règlement de frais de scolarité sur ses relevés laissent penser qu'elle aussi vit seule, ou peut-être avec des parents âgés car sa carte de crédit est souvent utilisée pour acquitter les honoraires de divers médecins, des notes d'hôpital et de laboratoires d'analyse, charges importantes qui excèdent parfois son salaire quoique, dans de pareilles situations, la jolie fille les couvre entièrement en opérant un virement exceptionnel sur le compte de son employée.

Au sommet du semi-gratte-ciel bancaire clignotent des lumières destinées à prévenir les objets volants passant par là, signaux luisant paisiblement au-dessus de la ville. Ce que montrent en contrebas les caméras de sécurité de l'héliport juché là-haut, ce sont des zones entières de la mégalopole plongées dans l'obscurité, la pénurie d'électricité faisant que l'éclairage de quartiers entiers est coupé à tour de rôle, souvent mais pas toujours d'heure en heure, et à cette heure tardive on ne distingue presque rien dans ces poches d'obscurité à part quelques immeubles disposant de leur propre générateur, la coulée lumineuse des phares sur une avenue importante ou, le long d'une voie secondaire si peu distincte qu'elle semble sortie de l'imagination, les ondulations du feu arrière d'une moto esseulée cherchant à esquiver des dangers indéterminés.

Une semaine plus tard, la ville n'est plus qu'un puzzle de beiges et de blancs sales inondés de soleil sous la trajectoire ascendante d'un avion de ligne prenant la direction de la mer et dont la jolie fille et son assistante sont des passagers dûment enregistrés. Il est remarqué par le radar d'un navire de guerre cinglant dans les eaux internationales, identifié comme un appareil commercial ne constituant pas une menace immédiate et donc plutôt ignoré, le bâtiment naval préférant utiliser ses antennes pour renifler les émissions électroniques s'échappant telles des phéromones des installations militaires de la côte.

L'avion s'élève au-dessus d'un banc de nuages clairsemés. À peu près à la même altitude, bien que nettement plus loin vers l'intérieur des terres, un prototype d'appareil sans pilote plane dans la direction inverse. Sa taille et son rayon d'action sont modestes : ses principaux avantages sont son faible coût de revient, ce qui lui permettra d'être produit en grandes quantités, et sa relative discrétion, qui devrait lui assurer de ne pas être facilement repéré. Le marché des exportations fait espérer de juteux bénéfices, notamment en ciblant la clientèle des forces de police et des armées à petit budget lancées dans des opérations urbaines.

À la périphérie de la ville, au-dessous du périmètre au sein duquel les ressources de surveillance de ce drone sont aujourd'hui testées, une foule est réunie dans un cimetière. Deux véhicules se distinguent particulièrement parmi tous ceux garés à l'entrée : d'abord une camionnette dont les flancs portent le nom et le numéro de téléphone d'un peintre en bâtiment spécialisé dans la peinture par pulvérisation, et qui pourrait avoir appartenu au défunt puisque sa dépouille enveloppée dans un drap blanc en a été débarquée comme d'un corbillard, et ensuite une berline luxueuse que viennent de quitter deux silhouettes en costume deux-pièces, un homme d'une soixantaine d'années et un adolescent nettement plus svelte qui pourrait être son petit-fils. Leur mise soignée tranche sur celle des autres endeuillés, et pourtant ils doivent avoir été des parents proches du mort puisqu'ils vont prêter leurs épaules au rite du transport du cadavre jusqu'à la tombe récemment creusée. Le plus âgé éclate en sanglots, son torse secoué comme s'il était pris de quintes de toux. Il lève le visage vers les cieux.

Le drone exécute quelques cercles là-haut, son œil puissant obstinément fixé sur la terre, puis continue son vol d'observation.

10

Jouer avec les dettes

Il faut nous dépêcher : nous approchons de notre fin, toi et moi, et ce livre de développement personnel aussi, en tout cas ce qu'il a de personnel et tout autant le développement qu'il propose, tandis que sa dimension livresque, elle, pourrait bien par définition prétendre perdurer.

Tandis que mes doigts d'écrivain courent sur le clavier et vos yeux de lecteur de page en page, tu te tiens à l'orée de la huitième décennie de ta vie, pratiquement chauve, plutôt svelte et refusant de te voûter. Tes parents sont morts, ta sœur et ton frère qui te restaient ne sont plus là, ta femme t'a quitté pour épouser quelqu'un de plus proche d'elle par l'âge et la vision du monde, et ton fils a choisi de ne pas revenir après ses études en Amérique du Nord qui, Asie mutante ou pas, conserve un certain pouvoir d'attraction sur un jeune artiste conceptuel aux hanches osseuses et aux lèvres de miel.

Par la fenêtre de ton bureau, tu vois ta ville en train de se transformer autour de toi, ses réglementations et son plan cadastral emportés par la vague du développement incontrôlé, d'énormes fosses de fondation et des squelettes d'immeubles s'arrogeant des terrains qui, il y a seulement quelques années encore, seraient apparus sur des photographies aériennes ornés d'opulentes villas évoquant des pâtisseries meringuées. Devant tes yeux, le soleil est bas et joufflu. On entend une voix dans la pièce ; c'est celle de ton ex-beau-frère qui reste ton principal adjoint et qui, assis derrière toi, est en train de t'encourager une nouvelle fois à t'endetter.

Sur ce point, il a sûrement raison. Avec un emprunt, une affaire est en mesure d'investir et de se doter d'un levier financier, c'est-à-dire d'une paire d'ailes. Oui, le levier financier est un envol, un moyen pour les petits de devenir grands et pour les grands de se faire gigantesques, c'est une magnifique abstraction, la promesse du lendemain dès aujourd'hui, c'est la libération du carcan temporel, le triomphe complet de la volonté humaine sur la réalité physique et les pesantes entraves de la chronologie. Le levier financier, c'est l'immortalité.

Ou si ce n'est pas le cas, la proposition inverse est vraie, estime ton bras droit.

« Si on n'emprunte pas, on est morts. »

Tu te détournes de la fenêtre pour revenir prendre place en face de lui. « Tu exagères.

— On n'est plus au niveau. Le secteur est en pleine restructuration. D'ici deux ans, il n'y aura plus une dizaine de compagnies d'assainissement de l'eau opérant ici mais trois, au mieux quatre. Et on ne sera pas dedans.

— On les concurrencera sur la qualité.

— C'est rien que de la foutue flotte ! Il suffit d'être aux normes, voilà tout. »

Ton adjoint s'est mis à employer avec toi un ton qui frise l'agressivité, ces derniers temps. Est-ce parce qu'il te reproche l'effondrement de ton union conjugale avec sa sœur, ou parce que, nettement plus jeune que toi, il craint de moins en moins un supérieur vieillissant, ou parce qu'il s'est enfin convaincu d'être indispensable à la bonne marche de ton entreprise ? Tu n'en sais rien.

« Ce n'est pas exact, le corriges-tu.

— Mais si. Ou bien on rachète un concurrent, ou bien on vend. Sinon, on pourrit petit à petit.

— Nous n'allons certainement pas vendre.

— Tu dis toujours ça. Alors, on achète.

— Nous n'avons jamais contracté autant de dettes.

— C'est un risque. Un pari. Mais un pari qu'on a de grandes chances de gagner. »

À cet instant, tu décèles un reflet de ton ancienne épouse dans ton interlocuteur, l'une de ces fioritures révélatrices que tu surprends de temps en temps dans le travail du pinceau génétique qui a tracé les traits de l'un et l'autre, atteignant la pure beauté chez la première et une certaine dose de comique chez le second. Tu fais confiance à ton adjoint. Non pas entièrement, mais suffisamment. Plus encore, tu devines qu'il pourrait avoir une idée de l'avenir de ton affaire plus pertinente que la tienne. Et surtout, surtout, tu ne t'intéresses plus tellement à ce qui adviendra : dernièrement, tu as l'impression de répéter les gestes routiniers de ton existence plutôt que de la vivre pleinement, te lever, te raser, te doucher, t'habiller, aller au travail, participer à des réunions, parler au téléphone, rentrer à la maison, manger, déféquer, t'étendre sur ton lit, tout cela machinalement, sans réelle motivation, tel un compteur d'eau oublié du système de facturation général qui continuerait à afficher des chiffres jamais relevés.

Et donc, tu finis par répondre : « D'accord, allons-y. »

Ton adjoint est satisfait. Il se considère comme un membre globalement loyal de ton équipe. Globalement, parce que au cours de ces vingt années il a régulièrement détourné des sommes qui ne pouvaient pas mettre en danger la santé de ton entreprise et qu'il a amassées à l'étranger, loin de tout contrôle, une forme d'assurance-chômage pour le cas où il se retrouverait brusquement sans emploi. Mais des temps difficiles s'annoncent, la survie même de ta compagnie est remise en cause, et bien qu'il soit plus que correctement payé il a trop peu économisé, s'autorisant le style de vie d'un propriétaire plutôt que d'un gérant, et c'est peut-être maintenant son ultime occasion de s'octroyer une part plus substantielle du gâteau. Acheter une entreprise concurrente lui offre l'opportunité d'empocher un beau dessous-de-table, un parachute non déclaré qu'il juge avoir amplement mérité.

Ce soir-là, tu rentres chez toi seul à l'arrière de ta limousine, derrière ton chauffeur en uniforme et un garde du corps qui serre un fusil d'assaut sur sa poitrine. À tous les feux rouges, des formes suppliantes se pressent contre ta vitre, des mendiants parmi lesquels il y a un manchot, un édenté et un hermaphrodite au visage poudré et au sourire triste. Tu remarques un homme sur un scooter avec sa femme et ses enfants à l'arrière, qui coupe son moteur en attendant que le feu repasse au vert. À travers ses quatorze haut-parleurs et ses quatre baffles d'ambiance, ta radio susurre une information concernant une série d'explosions dans un marché bondé de la côte. Tu lâches un juron résigné : si des émeutes éclatent en réaction à ces attentats, un chargement destiné à ta compagnie risque de rester bloqué au port.

Durant les mois suivants, ton affaire est évaluée, digitalisée et intégrée à un réseau informatique financier planétaire, la mer mathématique globale des courants économiques et des futurs cash-flows absorbant le total de tes activités sans que cela trouble sa surface. Une alliance de banques est constituée, des pactes conclus, tes installations, tes machines, tes camions et même ta résidence personnelle listés en tant qu'actifs, un trésor de guerre acquisitif que les ordinateurs créditent du butin à venir, une cible désignée et les conditions de sa capitulation négociées. La transaction projetée, coûteuse sans être exorbitante, laisse entrevoir un succès possible.

Et elle aurait eu lieu en ces termes si le destin, ou la trajectoire narrative, n'avait pas pris la haute main sur le cours des événements sous la forme d'un dysfonctionnement d'artère coronarienne. Quand la douleur naît, une sorte d'engourdissement envahissant peu à peu l'un de tes bras, tu essayais de t'endormir. Tu rallumes une lampe, tu t'assois dans ton lit et c'est là qu'une poutre invisible s'abat sur ton torse, l'écrase et te force à fermer les yeux. Tu ne peux plus respirer. La pression est intolérable. Elle faiblit, pourtant, et tu te retrouves épuisé, légèrement nauséeux, tes membres décharnés en sueur dans ton pyjama en coton malgré le froid que tu ressens. Tu rouvres les paupières. Ton thorax est intact. Détachant un bouton de ton haut de pyjama, tu passes tes doigts sur tes côtes et ta poitrine, tes ongles trop longs et un peu sales se prenant dans les poils blancs emmêlés. Aucune blessure n'est visible et pourtant l'homme que tu palpes semble terriblement fragile. Après une nuit sans sommeil, tu vas voir ton médecin.

C'est un grand hôpital surchargé de patients, souvent d'une extrême pauvreté mais qui peuvent venir ici grâce à des contributions charitables, dont les tiennes. Une villageoise à l'article de la mort est étendue sur un banc, son expression hébétée te rappelant ta mère à ses ultimes moments. Incapable d'avancer seul, tu t'appuies sur ton chauffeur ; quand tu trébuches, il te prend dans ses bras à ton grand embarras et te soulève aussi aisément que s'il s'agissait d'un enfant ou d'une jeune épousée. Tu lui demandes de te déposer dans un fauteuil roulant mais ta gorge est sèche et tu dois répéter ton ordre. Un employé éponge avec une serpillière sale ce qui ressemble à un filet d'urine et exhorte les passants à ne pas marcher dedans, ce qui ne les empêche pas de le faire.

Ton médecin traitant est sorti de son cabinet pour t'accueillir, un honneur sans précédent. Il a son sourire de toujours, mais cette fois il s'abstient de secouer son index dans ta direction comme si tu étais un petit chenapan et annonce à la place d'une voix guillerette : « On va tout de suite à l'unité de soins intensifs. » Il te pousse lui-même dans ton fauteuil, expliquant au chauffeur qu'il n'est pas admis aux urgences mais qu'il devra rester dans le couloir car on pourrait avoir besoin de lui.

Ta bonne étoile veut que tu aies ta deuxième attaque dans la salle des urgences. Lorsque tu reprends connaissance, tu t'es transformé en cyborg, moitié humain, moitié robot. Des électrodes relient ta poitrine à un terminal d'ordinateur qui émet des bips sur un portant, deux tubes transparents convoient dans tes narines l'oxygène sorti d'une bouteille en métal et une aiguille de goutte-à-goutte plantée dans ton poignet transmet à ton organisme le fluide contenu dans un sachet en plastique accroché à une perche. Tu paniques, tu veux te débattre mais tes membres répondent à peine et on te maîtrise doucement. Une infirmière te parle. Si tu as du mal à saisir ses mots, tu comprends qu'à partir de maintenant vous êtes inséparables, tout ce matériel et toi.

Être transformé en quelqu'un qui a besoin d'être connecté à des machines pour continuer à vivre, à de multiples appareils qui dans ton cas interviennent sur toi sous forme voltaïque, gazeuse et liquide, constitue un choc similaire à celui qu'on éprouverait en percutant un filet invisible mais soudain très concret, la même expérience qu'une mouche volant droit dans une toile d'araignée. Les fils inanimés qui s'attachent à ton corps encore relativement doué de mouvement sont reliés à d'autres câbles et réseaux, au système d'alimentation électrique de l'hôpital, à son générateur de secours, à son infrastructure informatique, à sa centrale de production d'oxygène, aux gens qui refont le plein des bouteilles et les rapportent dans les chambres, à la pharmacie qui renouvelle les prescriptions, aux camions qui livrent ces médicaments, aux usines qui les produisent, aux mines contenant les matières premières requises par cette industrie, et ainsi de suite, de ta forme prostrée aux machines, d'elles au reste de l'immeuble et au vaste monde, et en effet ces fils sont la répétition extérieure et d'apparence moins sophistiquée des réseaux et des systèmes que tu avais déjà en toi et que par chance tu n'avais pas eu à considérer jusqu'ici, les veines, les nerfs, les tendons, les glandes sans lesquels tu n'existerais pas. Il est bon que tu dormes.

À ton réveil suivant, tes neveux sont là, les enfants de ton frère, et, surprise, ton ex-femme aussi, accompagnée de son nouveau mari, un barbu dont l'allure de patriarche te désoriente parce qu'il pourrait pratiquement être ton fils. L'éclairage de ta chambre a quelque chose de futuriste, résultat d'on ne sait quelles nouvelles ampoules ou de ta perception altérée par les substances chimiques. Après t'avoir tapoté la main, ton médecin leur expose à ta place un résumé de ton état général et du traitement en cours. Le pronostic n'est pas rose : les parois musculaires de ton cœur ont été endommagées et la quantité de sang qu'il parvient à pulser à chaque battement est dangereusement faible. Cela n'est pas forcément sans espoir, affirme-t-il en rapportant le cas d'un autre de ses patients qui a survécu des années au même genre d'accident cardiaque. Pour ta part, cependant, tes artères coronaires sont sérieusement encombrées et tu es donc désormais plus exposé à un nouvel infarctus qui cette fois serait presque à coup sûr fatal. Néanmoins, un pontage ou une angioplastie sont hors de question et, selon lui, te laisser quitter l'hôpital serait également imprudent. En conclusion, le mieux est d'attendre et de voir.

Tu interprètes ce conseil comme une invite codée à te préparer à la mort, interprétation renforcée par la buée liquide que tu surprends dans les yeux de ton ancienne épouse. Elle revient à l'hôpital tous les jours, en général sans son mari. Avec toi, elle se montre à la fois distante et efficace, comme si elle jouait le rôle d'une administratrice zélée dans un film. Sous sa supervision, deux autres avis médicaux sont requis, un nouveau cardiologue est sélectionné et tu es transféré dans un autre établissement. Un spécialiste de renommée internationale a accepté de t'ausculter dans quelques semaines, lors de son prochain passage dans ta ville, et apparemment c'est en lui que ton ex place tous ses espoirs.

Cet homme de l'art ressemble à un extraterrestre avec son teint orangé, ses dents d'un blanc irréel et une chevelure tellement fournie qu'il pourrait se dispenser de porter un casque sans courir le moindre risque s'il conduisait une moto. Après t'avoir examiné et étudié ton dossier, il annonce ne pas voir de raisons pour lesquelles des endoprothèses vasculaires ne régleraient pas le problème. Il existe évidemment une mince probabilité que tu expires sur la table d'opération, mais comme celle d'être rapidement emporté par ta déficience cardiaque est autrement plus importante, le risque paraît mineur en regard du possible résultat.

Tu donnes ton accord pour l'intervention, qui se fait sans anesthésie générale, de sorte que tu suis d'un œil déconcerté les mouvements de la caméra attachée à la sonde robotisée qui avance à l'intérieur de ton corps tandis que de minuscules éléments mécanisés s'ouvrent et se déploient, dilatant les parois flasques de tes artères et se mettant en place. Tu te demandes si, au cas où quelque chose tournerait mal, tu suivras ta mort en direct sur l'écran de ce mini-champ de bataille avant que ton cerveau ne cesse de fonctionner, ou si le développement de la situation interne sera plus rapide que sa retranscription externe et si alors, malgré toutes les ressources de cette salle d'opération qui ressemble au poste de pilotage d'une navette spatiale, il n'y aura qu'un grand vide noir. Cette question reste spécieuse, toutefois, car le spécialiste de réputation mondiale déclare que l'intervention a été pleinement réussie.

Après l'examen postopératoire le lendemain, il t'annonce que si ton cœur désormais alimenté de façon satisfaisante se rétablit aussi bien qu'il l'envisage, et ce en dépit de ton âge avancé, tu peux espérer de nombreux mois, voire même quelques années de vie en dehors de l'hôpital. Tu lui dis merci. Tu remercies également ton ex-épouse et c'est à ce moment, après avoir consulté du regard le spécialiste de renommée internationale et reçu un hochement solennel de sa tête plus orangée que bronzée, et une fois qu'elle t'a prié de te détendre et de ne pas laisser la nouvelle qu'elle va te donner te plonger dans une agitation excessive, c'est à ce moment qu'elle t'apprend que son frère, dont elle maudit maintenant le jour de la naissance, cédant peut-être à la tentation que l'opportunité provoquée par ton absence lui présentait soudain, s'est enfui à l'étranger avec les fonds que ta compagnie avait réunis pour l'acquisition projetée, qu'en conséquence ton affaire a été mise en faillite et toi aussi, et que les policiers placés devant la porte de ta chambre ne sont pas là pour assurer ta protection, ainsi que tu l'avais jusqu'alors supposé, mais parce que tu es techniquement en état d'arrestation.

Tu encaisses cette information aussi bien que possible, ce qui revient à dire que tu ne meurs pas foudroyé. Tu dis à ton ex que tu ne doutes pas un instant qu'elle n'a rien à voir avec le méfait de son frère, que l'erreur d'avoir engagé celui-ci et de lui avoir fait confiance incombe à toi seul, et tu lui fais remarquer que sur le plan physique cela fait des semaines que tu ne t'es pas senti aussi en forme. Tu passes sous silence le fait que la force de gravité et la pression atmosphérique semblent avoir augmenté depuis tes deux infarctus, ou que te rendre aux toilettes sans assistance ce matin-là s'apparentait pour toi à circumnaviguer à la surface d'une planète inconnue et inhospitalière.

Après son départ, tu gardes le silence pendant tout le reste de la journée. Ensuite, tu te mets au travail : tu donnes à tes neveux l'accès à des réserves de fonds que tu avais constituées en secret et sur lesquelles tes créanciers n'ont donc pas pu mettre la main, ce qui te permet de te payer le renfort d'un avocat en droit pénal, de graisser les pattes indispensables, de verser ta caution et de prendre une chambre dans un hôtel deux-étoiles, tout cela sans avoir besoin d'être à nouveau à la charge de ton ancienne femme, laquelle est loin de rouler sur l'or. Néanmoins, baissant modestement sa belle tête voilée, celle-ci rejette l'offre que tu lui fais de lui rembourser les frais médicaux considérables qu'elle a avancés pour toi : c'était le moins qu'elle puisse faire, assure-t-elle.

Puisque tu as perdu voiture et chauffeur, ce sont tes neveux qui t'amènent à ton hôtel, pestant pendant tout le trajet contre ton ex-adjoint dont ils avaient entrevu le fond pourri des années plus tôt, lorsqu'il les avait évincés de ta compagnie, mais ils s'empressent d'ajouter qu'ils n'ont aucune rancœur à ton encontre, que tu es leur oncle et que les liens du sang sont plus forts que de telles déconvenues. Comme ils te pressent de venir habiter chez eux, tu leur exprimes ta gratitude en ajoutant que tu es plus accoutumé à vivre seul. Tu regardes à travers le pare-brise la coupole formée par la pollution et la poussière en suspension au-dessus de la ville, qui donne au ciel une teinte cuivrée, aux nuages celle du bronze irradié.

Au cours des mois suivants, tu reçois des menaces de mort dans ton courrier et tu rencontres des hommes politiques que tu avais crus être des alliés mais qui peinent à dissimuler leur fourbe satisfaction. Tu deviens le jouet de l'une de ces campagnes d'accusations cyniques que lance fréquemment l'establishment de la ville, tu es livré à la curée de l'opinion publique et les rumeurs infondées à propos de tes sinistres combines reçoivent l'écho scandalisé des éditorialistes. Comme tu as toujours suivi ta propre voie et que te voici enfin blessé, il n'est que naturel que tu sois sacrifié afin que le reste de la meute puisse se repaître de tes restes.

Une fois que cette issue est établie, tu te résignes à ton sort sans y opposer trop de résistance, et c'est surtout par habitude que tu continues à te battre, et parce que tu te sens responsable vis-à-vis de tes employés. C'est comme si une part de toi-même éprouvait une satisfaction perverse à te voir ainsi remis à ta place, comme si tu obéissais à une folle impulsion de te dépouiller de ta fortune de même qu'un animal fait sa mue l'automne venu. Cette réaction stimule peut-être l'acharnement avec lequel on t'attaque. À la fin, il ne reste sur ta carcasse financière que de minuscules lambeaux de la chair qui la couvrait jadis, mais elle n'est pas complètement nue. Tu n'as pas basculé dans l'indigence, tu as échappé à la prison. Tu es un vieil homme dans une chambre d'hôtel qui regarde la rue en bas derrière les vitres sales, prend régulièrement ses médicaments et se déplace en taxi lorsqu'il le faut.

Parfois, tu parais timide, hésitant, mais il est impossible de dire si ce changement de personnalité est dû à tes déboires pécuniaires ou à ta santé déclinante. Tu sais désormais d'expérience qu'en prenant de l'âge un homme se fait arracher ce à quoi il tenait le plus, souvent sans préavis. Tu n'envisages pas de louer une maison ou d'acheter une voiture d'occasion, te contentant de cette vie à l'hôtel, avec quelques affaires qui tiendraient dans une seule valise. Cet état te convient : posséder moins, c'est moins avoir à t'anesthésier pour accepter ta nouvelle existence.

Il y a un café Internet tout près. Tu t'y rends lentement, et comme tu t'essouffles si facilement que tu as besoin de marquer des pauses, tu te munis toujours du tube en plastique et en métal ultraléger que ton médecin, peut-être par nostalgie, continue à appeler une canne. Tu as passé plus de temps sur terre que les trois jeunes qui s'occupent du café réunis. Leurs T-shirts, tatouages et barbiches stylisées sont les attributs d'un clan que tu ne connaissais pas encore. S'ils ne semblent pas contents de te voir entrer, leur chef, dont le front est barré d'une entaille, condescend à se lever avec un semblant de respect.

« Si cela ne vous dérange pas de m'aider encore, commences-tu.

— La numéro cinq », répond-il avec un mouvement du menton.

Bien que ses manières soient cassantes, il se charge personnellement de t'installer dans l'une des cabines et de procéder aux réglages nécessaires. Tu es sur une chaise en canevas ferme mais confortable, face à un écran plat sur lequel s'affichent la durée de connexion et la somme correspondante. Caché sous la table mais à portée de tes pieds, ronronne un ordinateur qui arrive à hauteur des mollets et dont tu t'écartes prudemment en faisant pivoter ton siège pour ne pas le percuter par inadvertance. Bien que de surface réduite, ces cabines ont des parois plus élevées que celles des postes de travail dans tes anciens bureaux, leur fonction étant d'assurer toute l'intimité possible aux usagers. Le café est plongé dans la pénombre, la seule source de lumière provient des écrans. Il flotte un vague relent de mousse capillaire féminine, de sueur et de sperme.

Ton fils surgit devant toi à un angle qui te donne l'impression d'être plus bas que lui, alors tu te redresses machinalement sur ta chaise et tu hausses la tête pour essayer de mettre vos yeux au même niveau mais cela ne dissipe pas ton désarroi. Comme tu ne sais que faire de tes mains, tu agrippes les accoudoirs de la chaise. L'image de ton fils se fige, se désagrège en une myriade de pixels puis se reconstitue, bouge à nouveau et dit :

« Papa.

— Mon garçon. »

Il est chez lui, un loft sommairement aménagé avec des matériaux de récupération, la table constituée d'une porte encore avec ses gonds posée sur deux piles de parpaings. Derrière ses fenêtres, il fait nuit. Il t'interroge sur ta santé d'un ton préoccupé et, une fois que tu lui as assuré que tout allait bien, vous bavardez à propos de politique, de la situation économique, de ses cousins. Il n'a pas pu te rendre visite car l'obtention de son visa dépend d'une demande d'asile politique déposée depuis longtemps, et un retour au pays décrédibiliserait l'affirmation selon laquelle sa vie est en danger ici.

« Tu as parlé à ta mère ? lui demandes-tu.

— Non, pas récemment.

— Tu devrais. Elle se languit de toi.

— Sans doute, oui, à sa manière. »

Son ami passe derrière lui, torse nu, pas rasé, l'air déjà endormi, une brosse à dents à la main, se préparant à aller au lit. Il te salue de loin, tu lui réponds en levant une main ouverte. Ton fils sourit, se détourne un instant pour échanger quelques mots à peine audibles avec lui, puis refait face à la caméra.

« Il se fait tard, dit-il, un peu confus.

— Oui, je ne veux pas te retenir.

— Ton prochain contrôle médical, c'est quand ?

— Aujourd'hui.

— Promets-moi de m'envoyer un texto pour me tenir au courant. »

Tu lui dis que tu n'y manqueras pas. Les écouteurs poisseux que tu as sur les oreilles émettent une sorte de glougloutement et l'image de ton fils disparaît comme si elle avait été engloutie dans un trou de la taille d'un unique pixel au centre de ton écran. Là où il y avait de la couleur et du mouvement ne reste qu'une terne immobilité, seulement rompue par les compteurs de secondes et d'argent qui égrènent leurs chiffres dans un coin. Tu règles ta note et tu t'en vas.

À ce moment, la jolie fille est elle aussi devant un ordinateur, occupée à analyser avec son assistante les ventes du dernier mois, un bilan qui n'a rien d'encourageant. Et ce soir-là, même si elle ne le sait pas encore, elle se rendra également à un hôpital.

« Ça commence à ressembler à une chute libre, constate-t-elle puis, avec un mince sourire : j'espère que tu es prête à rebondir.

— Plus que prête », répond sa collaboratrice.

Elle considère cette réponse quelques secondes avant de soupirer : « On n'a pas trop le choix, visiblement.

— Non.

— Très bien. Annule le voyage de prospection de ce printemps. »

Elles restent toutes deux silencieuses un instant.

« Il y a toujours l'automne », observe son assistante.

La jolie fille acquiesce. « Oui. Il y a toujours ça. »

À cinq heures, comme d'habitude, elle quitte le magasin. Son chauffeur accélère pour échapper au gros de la circulation, même si les ornières sur la route contrarient ses efforts. Par sa vitre, la jolie fille aperçoit des séries répétées de minces tranchées dans lesquelles des câbles s'allongent apparemment dans tous les sens, un réseau incompréhensible de fils noirs, gris ou orangés qui émergent de bobines et serpentent à perte de vue sur le sol sablonneux. Elle se demande ce qu'ils peuvent bien relier.

Plus tard dans la soirée, l'assistante ferme la boutique. Elle contrôle le décompte de la recette du jour effectuée par le gérant avant de la placer dans le coffre-fort, quand une brique lancée en dessous du rideau de fer à moitié baissé brise la porte d'entrée en verre. L'assistante entend le fracas dans le petit bureau de l'arrière-boutique, où l'écran monochrome de la caméra de surveillance lui montre trois hommes armés pénétrant à l'intérieur, le visage en partie masqué. Instinctivement, elle déclenche une alarme silencieuse, enferme l'argent dans le coffre et tourne la roulette du code, le tout sous le regard horrifié du gérant qui se demande maintenant s'il sortira indemne de cette situation.

Les assaillants semblent savoir que l'alerte a été donnée et, peut-être pour cette raison, le meneur fait mine de se préparer à tirer une balle dans la tête du gérant sans mot dire, puis il se ravise et ordonne à l'assistante de la jolie fille d'ouvrir le coffre-fort. Comme elle tarde à obéir, plus parce qu'elle est désorientée que par bravoure, il lui donne un coup de crosse de fusil sur la tempe, pas trop fort en raison de son âge et de son sexe mais suffisamment pour la faire tomber à genoux. Elle se relève, ouvre le coffre, et les trois hommes empochent leur butin. Au total, le hold-up n'a pas duré plus de cinq minutes ; il s'en écoule neuf avant que les vigiles de la compagnie de sécurité arrivent, vingt-deux jusqu'au retour de la jolie fille et trente-huit quand la police fait son apparition.

Par précaution, la jolie fille emmène son assistante aux urgences. En voiture, elle lui prend la main, lui serre tendrement les doigts. Encore sous le choc de la peur et du coup qu'elle a reçu, elle regarde droit devant elle, ne dit presque rien. Une infirmière surmenée jette un rapide coup d'œil à la blessure, déclare que c'est une simple contusion, recommande une compresse glacée, des calmants, et les congédie. Sur la route du retour, l'assistante se plaint d'avoir des vertiges et la nausée, de sorte que la jolie femme la reconduit à l'hôpital. Avant d'arriver, la blessée est prise de convulsions et s'évanouit. Lorsqu'un médecin lui ouvre les paupières et braque une lampe dans ses pupilles, elle est déjà dans le coma et sa mort survient rapidement.

Cette nuit-là s'achève la liaison de quarante ans entre la jolie fille et sa ville d'adoption. Elle ne s'en va pas tout de suite, cependant. Du temps passe tandis que sa décision mûrit, et elle doit aussi vendre sa boutique, régler une série de détails pratiques, mais quelque chose s'est brisé et elle n'a aucun doute sur la direction à prendre. Assise seule dans son salon, elle contemple le ciel nocturne entre les barreaux de sa fenêtre, suit du regard les lumières ascendantes d'un avion et ressent une attraction qu'elle ne peut définir, non, pas précisément, sinon qu'elle s'exerce sur elle avec une douce insistance et qu'elle provient de sa cité natale.

11

Se concentrer sur l'essentiel

À ce stade, je devrais peut-être envisager de reconnaître certains prétextes, certains subterfuges auxquels j'aurais pu avoir eu recours ici, certains tours qui ont possiblement été, eh bien, de passe-passe. Mais je ne le ferai pas. Pas encore. Bien qu'il soit avéré que la richesse insolente n'est désormais plus à ta portée, ce livre va conserver son innocence encore un petit moment, ou du moins le caractère impunissable de ses torts, tout en continuant à aider, par un simple conseil d'ordre économique, à un double développement personnel, le tien et le mien.

Par chance, il se trouve que ledit conseil n'est pas affecté par la perte de ta splendeur financière puisqu'il s'adresse également aux revenus modestes. Le voici : concentre-toi sur l'essentiel. Ignore le superflu, apprends à voir la forêt dans les arbres, accorde la priorité à ce qui est au cœur de ton activité. Ici et maintenant, dans ton cas, cela signifie réduire drastiquement tes dépenses.

Tu t'en es admirablement sorti. À l'hôtel deux-étoiles où tu as établi ta résidence, tu as obtenu un forfait mensuel de longue durée grâce auquel la chambre te revient à moins de la moitié de son tarif habituel, d'abord parce que tu paies en liquide, et ensuite parce que tu avais jadis donné un travail au père aujourd'hui décédé du directeur, quelqu'un qui te vouait une vénération éternelle – et bien sûr par éternel nous entendons le sentiment, non l'homme. De plus, tu manges avec modération, ton métabolisme s'étant suffisamment ralenti pour que tu te satisfasses d'un seul repas par jour ; tu as aussi réduit le poste des déplacements en ayant recours aux taxis au lieu d'assumer les frais de fonctionnement et d'entretien d'un véhicule personnel, et tu évites les factures de téléphone colossales en menant tes échanges hebdomadaires avec ton fils dans un café Internet. Ainsi, la majeure partie de tes petites économies demeure inentamée, prête pour les futures consultations, analyses et traitements médicaux, si bien qu'il est probable que dans la course-poursuite entre la mort et l'indigence tu sois en droit d'espérer la victoire de celle-ci sur celle-là.

La seule gâterie que tu t'autorises, c'est le thé et les biscuits que tu fais servir invariablement aux solliciteurs qui viennent te voir dans le salon toujours bondé de l'hôtel. Le bâtiment a peut-être dix ans ou peut-être trente, coincé entre deux autres constructions d'âge indéterminé qui lui ressemblent par leur hauteur de quatre étages et leur étroitesse famélique, occupant la largeur d'une ancienne voie d'accès à un marché paisible mais désormais englobé dans une zone commerciale aux frontières aussi élastiques que le contour d'une amibe en constante expansion. Tout près d'ici, des bêtes sont égorgées, des pâtisseries sorties du four, des connexions d'enceintes haute-fidélité tripatouillées, des contrefaçons de cigarettes d'importation proposées aux chalands et du revêtement de vitrage anti-explosion offert en promotion, cette dernière comprenant la promesse d'une installation gratuite, argument non négligeable lorsqu'on considère la minutie et la multiplicité des coups de raclette nécessaires à l'installation de ce film plastique sans laisser de disgracieuses bulles d'air dessous.

Les membres de ton clan qui viennent à toi sont souvent – mais pas toujours – récemment arrivés de leur village à la recherche d'emplois non ou peu qualifiés dans le bâtiment, les transports ou les travaux domestiques, et ils sont donc fort impressionnés par les installations défraîchies de ton hôtel, observant avec une craintive admiration la porte automatique et les touches en acier de l'ascenseur hors service, la finesse des tasses et des soucoupes, et y trouvant la confirmation de ce qu'on leur a dit, que tu es un grand monsieur, impression renforcée par la bonne coupe de tes vêtements et le maintien distingué que tu as plus ou moins réussi à conserver malgré l'âge et les revers de fortune. Tu les aides autant que tu peux en passant des coups de fil, en plaçant une recommandation ici ou là et en répondant patiemment à leurs nombreuses questions.

Tous ces plaideurs ne sont pas que de jeunes villageois, toutefois : il y a aussi des garçons de la ville, de la première génération urbanisée comme tu l'as été toi-même, ou de la deuxième, avec des coiffures agressives et des yeux sur le qui-vive. D'autres sont plus âgés, techniciens, voire managers, parfois en costume-cravate. Pour ces visiteurs plus cosmopolites, ton lieu de résidence paraît d'abord décevant mais leur scepticisme se dissipe généralement dans la conversation, quand il devient clair que tu t'exprimes en connaissance de cause et que tu sais aussi écouter ton interlocuteur, bien que tu sois maintenant un peu dur d'oreille. Ils sont pressés d'aller extraire les gemmes de ton réseau de contacts professionnels et administratifs, un filon en voie d'épuisement que tu es cependant heureux de prospecter en leur faveur, et il n'est pas trop rare que tu tombes sur une pépite bien utile.

Tu n'acceptes aucune récompense pour ton soutien, commission d'apporteur ou frais de placement, et tu ne raffoles pas non plus des marques de gratitude dont ils t'accablent. Tes mobiles sont plutôt le désir persistant de rester connecté et d'être utile, le besoin d'occuper quelques-unes des longues heures de la semaine et la curiosité que t'inspirent toujours le monde au-delà de ton abri, les mouvements et les péripéties de l'immense ville autour de ton hôtel, dans laquelle tu as passé presque toute ta vie et que tu as jadis si bien connue.

Tu entends dire que les ressources en eau potable continuent de baisser, la soif de millions et de millions de citadins envoyant chaque jour de nouveaux forets percer plus loin la nappe phréatique afin de remplir des canalisations suintantes et d'innombrables conduites qui fuient de toutes parts, une réalité que tu connais intimement et dont tu as tiré profit mais qui, à ce stade, a déjà provoqué dans certaines zones un assèchement visible du sol, transformant la boue composite, humide et fertile en terre pure, craquelée et stérile. Pendant ce temps, on note des tentatives similaires, officielles ou non, en vue d'assécher la société elle-même, entre autres par de sournoises restrictions apportées aux fêtes populaires et à la poursuite générale du plaisir, et le résultat est le même : elle se craquelle, ces fissures grandissantes particulièrement notables au sein de la jeunesse qui te semble divisée comme jamais, fragmentée en une myriade de tribus absconses qui proclament leur spécificité par un autocollant de voiture, une épaule découverte ou l'une des infinies variations dans la coupe des poils du visage.

Lorsque tu t'aventures au-dehors pour faire quelques courses, tu te demandes souvent quel but tels ou tels d'entre eux poursuivent dans leur existence, et au-delà des attitudes qu'ils affectent il ne te paraît pas évident qu'ils le sachent eux-mêmes. C'était aussi ton cas, à leur âge ; la différence que tu perçois est dans l'accumulation inquiétante du mécontentement, de la colère et de la violence, en partie produite par la plus grande proximité que les pauvres ont aujourd'hui avec les riches quand ils collent leur visage à cette vitre ouverte sur l'aisance matérielle qu'est l'incontournable télévision, mais aussi due au changement des mentalités qu'a engendré le développement constant du stock d'armes à feu. Parfois, quand tu notes les regards qui suivent une grosse berline de luxe forçant son passage dans une ruelle, tu es presque soulagé d'avoir déjà été privé de ta fortune.

Alors que j'écris ces lignes, je ne peux assurer avec certitude que tu ne te doutes pas de la proximité de la jolie fille, et pourtant il semble raisonnable de le supposer. Elle habite à une trentaine de minutes à vol d'oiseau de ton hôtel, mais comme les pigeons des villes ont tendance à voler en cercle, et en effectuant des pauses fréquentes, elle est peut-être beaucoup plus près que cela, ou beaucoup plus loin. Elle possède une petite maison dont elle loue à prix d'ami les deux chambres qu'elle n'occupe pas à deux jeunes femmes, l'une actrice, l'autre chanteuse, qui viennent de débuter leur carrière et luttent encore pour rencontrer le succès. Elle s'en tire avec ce modeste revenu et ses économies.

Peut-être à cause d'un élancement persistant à la hanche, elle sort moins qu'elle n'en avait l'habitude et délègue la majeure partie des tâches domestiques à son factotum, un brimborion quinquagénaire qui s'occupe des repas et des courses, fait office de chauffeur et dort dans une petite pièce attenante à la cuisine. Elle ne manque cependant jamais d'accomplir sa promenade quotidienne dans son jardin public préféré, d'un pas un peu lourd mais le dos droit, le soir en été et en automne, le matin pendant l'hiver et le printemps, et alors elle prend plaisir à observer les jeunes amoureux qui se retrouvent ici pour de furtives et rapides étreintes avant de se rendre à leurs cours ou à leur travail.

Chez elle, la jolie fille regarde des films et écoute assidûment la radio, souvent à un tel volume que cela amuse ses locataires, lesquelles marquent une pause dans leur existence trépidante pour venir bavarder avec elle un moment tandis qu'elle bouge la tête au rythme de la musique et tire sur sa cigarette. Parfois, l'une ou l'autre lui fait partager sa dernière réalisation, un clip vidéo ou la maquette d'une chanson, mais c'est rare, et elle n'est jamais invitée à une représentation théâtrale ou dans un studio d'enregistrement. Sa maison se trouve au fond d'une impasse. De son salon à l'étage, elle est en mesure de contempler toute la rue, un chapelet de magasins et de restaurants qui va jusqu'à une station de télécommunications, dont les mâts peints en rouge et blanc s'élèvent majestueusement au-dessus des antennes paraboliques telles des vergues magnétiques conçues pour naviguer à travers les nuages. C'est pour la vue qu'elle a acheté cette propriété.

Elle n'a pas un tempérament enclin à la nostalgie, préférant par nature tourner la page du passé. Elle refuse de revenir à la métropole du bord de mer où elle a connu ses années les plus actives et productives. De même, elle ne cherche pas à réunir les fonds nécessaires au recrutement d'une nouvelle assistante à temps partiel qui pourrait traduire et se charger de la logistique pour elle, rendant ainsi possible le dernier des voyages à l'étranger qu'elle aimait tant. Le retour à son lieu natal a été une rupture définitive avec toute une période ; c'est ainsi qu'elle voit les choses.

Que ce soit en raison de l'âge ou des échos d'enfance troublants que cette ville éveille en elle, son esprit vagabonde dans les directions les plus inattendues, par exemple quand un doigt passé sur le contour d'un verre d'eau pour en retirer la buée lui rappelle un gentil photographe qui n'est déjà plus de ce monde, ou qu'une brise soudaine sur son balcon lui ramène le souvenir d'une fête sur la plage il y a longtemps. Ainsi, elle peut être présente et attentive à tel moment et perdue dans ses rêveries l'instant suivant, ce qui ne lui arrivait guère jadis.

Vous tombez l'un sur l'autre dans une pharmacie, une sorte de mini-entrepôt bondé et tapissé de cartouches à peine un peu plus grandes que des boîtes d'allumettes, blanches généralement, dont le descriptif est imprimé en caractères trop petits pour être lisibles même en plissant les yeux et où figure parfois un sceau d'identification en relief, irisé comme un poisson passant dans un rai de lumière. Tu avances peu à peu vers le comptoir de vente, bousculé par ceux qui refusent de faire la queue, protégé par de parfaits inconnus qui, en te voyant, ont la bonté d'attendre. Devant toi, une silhouette se retourne après avoir payé ; pensant la reconnaître, tu es saisi d'une émotion puissante qui ressemble à la panique, au point que tu envisages de rempocher ton ordonnance et de t'éclipser.

Tu restes à ta place, cependant. En s'approchant de toi, la femme aperçue de loin fronce les sourcils.

« C'est toi ? » demande-t-elle, et ce n'est pas la première fois qu'elle te pose cette question.

Appuyé sur ta canne, tu scrutes ces traits flétris.

« Oui. »

Vous gardez le silence un instant. Elle secoue lentement la tête, puis pose sa main sur la tienne. Sa peau est douce et fraîche sur tes phalanges.

« Est-ce que j'ai l'air d'avoir vieilli autant que toi ? reprend-elle.

— Non.

— Je croyais que tu étais un garçon honnête. »

Tu souris. « Pas toujours.

— Trouvons quelque part où nous asseoir. »

Il y a un café près de la pharmacie, appartenant manifestement à une chaîne et présentant l'originalité factice d'un établissement sous franchise avec ses canapés et ses chaises apparemment dépareillés qui obéissent en fait à un modèle minutieusement défini et conservé dans le registre des spécifications de la marque. Si le mobilier et l'agencement suggèrent un temps révolu depuis plusieurs décennies, la musique, le menu et surtout les prix sont résolument contemporains. Les jeunes clients qui en ont les moyens apprécient sans doute l'effet obtenu, qui est de les transporter de cette rue et de ce quartier particuliers jusque dans un monde virtuel habité par des gens de leur âge et de leur statut social à travers toute l'Asie mutante, voire la planète entière. Mais pour toi, qui peux te rappeler qu'un marchand de fruits occupait cet emplacement il y a encore quelques mois, l'aspect artificiellement vieilli du café est sans doute assez déconcertant. Du moins le serait-il en temps normal. Ce jour-là, toutefois, tu n'y prêtes pas attention.

Autour d'une tasse de thé, tu parles avec la jolie fille de ce qu'évoquent habituellement d'anciens amants lorsqu'ils se retrouvent après s'être perdus de vue pendant quarante ans ou plus, c'est-à-dire votre santé, la courbe de votre vie professionnelle, des souvenirs communs – et là vous riez souvent, oui –, votre situation actuelle et, au passage, de manière tellement oblique que le sujet est à peine effleuré, si vous êtes célibataires. Votre serveur est prévenant envers ces deux personnes âgées plongées dans leur conversation, têtes rapprochées. C'est ainsi qu'il vous voit et toi aussi, bien sûr, mais la différence est que tu discernes quelque chose de plus se superposant au corps rapetissé de la jolie fille ou plutôt palpitant doucement en elle, peut-être : une présence plus grande, plus solide, plus stimulante, qui à cet instant est heureuse et reste capable de danser au fond d'un œil ému.

« Comme c'est bizarre, d'employer le mot "retraité", dit-elle après avoir vidé sa tasse.

— Techniquement, nous sommes sans emploi, la corriges-tu. Ça fait plus vivant que "retraités".

— Tu cherches du travail, toi ?

— Non.

— Donc, tu es retraité. »

Tu remplis deux verres d'eau et tu suggères tout en lui tendant le sien :

« Tu devrais m'accorder un entretien d'embauche. Et moi un à toi. Comme ça, nous serons vraiment sans emploi. »

Elle boit une gorgée. « À supposer qu'aucun de nous ne soit embauché. »

Tu lui téléphones le lendemain. Les semaines suivantes, vous passez du temps ensemble : un dîner au restaurant, un autre soir un rendez-vous dans un parc où vous flânez à pas lents. Vous explorez le principal musée datant de l'ère coloniale et le zoo municipal aux âcres effluves, des attractions que tu n'avais plus visitées depuis l'époque où ton fils était écolier. Tu es étonné du prix modique de l'entrée et de la taille du zoo, qui te semble plus vaste que dans ton souvenir, alors que tu t'attendais à l'inverse. La jolie fille s'émerveille devant la volière, toi à la vue des hippopotames se glissant délicatement dans la mare de boue entourée de berges herbeuses au milieu de leur enclos. Elle te fait remarquer le nombre considérable de jeunes gens qui traînaillent ici et dont le dialecte ou l'accent révèle souvent qu'ils viennent de provinces reculées. Ils hèlent les animaux avec un ravissement amusé, ou s'installent en groupes sur les bancs que l'on trouve partout, pour profiter de l'ombre. Comme il y a là des panneaux détaillant le régime alimentaire quotidien des principaux résidents du zoo, on peut entendre à l'occasion un visiteur sachant lire révéler à ses camarades les prodigieuses quantités de comestibles requises par telle ou telle espèce.

En compagnie de la jolie fille, tu renonces en partie à l'isolement que tu t'étais toi-même imposé et tu t'aventures un peu plus au-dehors, d'abord parce que ses suggestions amicales te donnent plus de raisons de sortir qu'avant, et aussi parce que en circulant à deux tu te sens plus rassuré que seul. Certes, la ville demeure parfois périlleuse, notamment à cause des embardées sauvages de ses véhicules, de ses brusques changements de température et de la résistance aux antibiotiques de ses bactéries, sans parler de l'énergie débordante de ses prédateurs humains, et donc tu dois rester sur tes gardes, surtout à ton âge. Malgré cela, tu savoures ce début de retour accompagné sur terre et tu te dis que l'univers urbain n'est peut-être pas si redoutable, et qu'en le considérant avec l'optimisme qu'une présence amie autorise il offre des espaces significatifs qui paraissent pour l'essentiel navigables, en tout cas pour le temps où tu conserves une part de vitalité physique.

Il arrive que la jolie fille reçoive un choc en te regardant, celui de découvrir sa mortalité dans ton image, son reflet soutenu par une canne, le fait incontournable que ton corps frêle et décharné est contemporain du sien. Ces impressions ont tendance à se produire au début de vos rencontres, lorsqu'une absence de quelques jours est passée comme un chiffon doux sur la surface de sa mémoire visuelle, mais bientôt d'autres données viennent s'imposer, à commencer sans doute par tes yeux et ta bouche, et sa vision de toi te fait évoluer en quelqu'un de différent, intemporel ou, sinon entièrement libéré du temps, encore beau et plaisant au regard. Elle retrouve dans la manière dont tu penches la tête ton attention au monde qui t'entoure, dans tes mains ta douceur blindée, dans ton menton ta force de caractère. Elle te voit comme un adolescent et comme un homme accompli, elle constate à quel point tu atténues sa solitude et, plus encore, elle sent que tu le perçois toi-même, ce qui éveille en elle le plus étrange des désirs qu'un « je » puisse avoir pour un « tu », celui que tu sois moins esseulé.

Un soir, après un film dans un cinéma dont la taille de l'écran, la qualité du son et le coût exorbitant du pop-corn t'ont laissé éberlué, et aussi après qu'une bagarre entre jeunes a brusquement éclaté à la sortie et que tu as été jeté accidentellement au sol par un participant à la mêlée qui a reculé sur toi sans te voir, te laissant un gros bleu sur la cuisse mais sans rien de cassé, grâce au ciel, la jolie fille t'invite chez elle. Ses locataires ont un sourire épanoui en te voyant entrer, très contentes de constater que la dame qui les héberge a un visiteur masculin, et elles s'esquivent vite avec des regards entendus.

« Tu veux boire quelque chose ? demande la jolie fille.

— Je ne suis pas censé.

— Un demi-verre de vin ? »

Tu acquiesces.

Elle va prendre une bouteille déjà ouverte dans le réfrigérateur. « Assieds-toi, assieds-toi. »

Elle vous sert tous les deux, et vous sirotez votre vin. Un silence s'installe.

« Est-ce qu'on ne devrait pas simplement aller dans ma chambre ? dit-elle finalement.

— Si. »

Elle t'y conduit en te tenant par la main et referme la porte derrière vous. Elle n'allume pas la lumière.

« Une seconde », souffle-t-elle en se dirigeant vers sa salle de bains.

Inquiet de ne pouvoir conserver ton équilibre dans l'obscurité, tu demandes : « Où est le lit ?

— Oh, pardon ! » Elle revient et te guide, une paume posée sur ta taille. « Ici. »

Tu t'assois. Le matelas est ferme. Tu trouves un mur proche en tâtonnant et tu y appuies soigneusement ta canne. Une faible lumière filtre sous la porte de la salle de bains, des sons en émanent, frottements, robinet qui coule, chasse d'eau. Tu as toi-même besoin d'aller aux toilettes mais tu te retiens.

La jolie fille met un certain temps à revenir. Elle s'assoit à côté de toi. Vous vous embrassez, ses lèvres ont un goût de bain de bouche. Elle a enfilé une chemise de nuit et sous le mince tissu ta main parcourt ses côtes, son ventre, l'incroyable douceur de son sein qui est comme une deuxième peau. Elle t'aide à te déshabiller, te manipule à une cadence régulière et par chance tu parviens à bander, érection peut-être favorisée par la pression de ta vessie pleine sur la prostate. Elle enduit son entrejambe d'un onguent dont le pot était sur sa table de nuit, s'allonge sur le flanc en pressant son dos contre ta poitrine. Après quelques cafouillages, tu réussis à entrer en elle. Tu remues. Elle se caresse. Tu la serres d'un bras.

Ni toi ni elle ne parvenez à l'apogée parce que tu commences à mollir avant que cet instant n'arrive. Pourtant, devrais-je préciser, tu éprouves du plaisir, et une certaine satisfaction. Étendu près d'elle ensuite, temporairement confondu et un peu gêné, tu te surprends toi-même quand tu te mets à rire tout bas. Elle se joint à toi, et c'est le rire le plus réconfortant, le plus libérateur que vous ayez chacun eu depuis longtemps.

12

Avoir une stratégie de repli

Il faut maintenant que je l'admette : ce livre ne constitue peut-être pas le meilleur guide qui soit pour s'en mettre plein les poches en Asie mutante. Des excuses sont sans doute nécessaires, bien qu'à un stade aussi tardif elles ne puissent servir à grand-chose. Il serait autrement plus utile, selon moi, de considérer nos inévitables stratégies de repli, car la préparation représente la majeure partie de la bataille dans ce récit qui s'étend sur toute une vie.

Nous sommes tous des exilés de notre enfance. C'est pour cela que nous avons recours aux histoires, entre autres palliatifs. En écrire une, en lire une, c'est s'exiler de l'état d'exil. Auteurs et lecteurs sont en quête d'une solution au problème du temps qui passe, au fait que ceux qui nous ont quittés ne reviendront plus et que ceux qui vont partir – c'est-à-dire nous tous, jusqu'au dernier – s'en iront. En effet, il y a eu un moment où tout était possible, et il en vient forcément un où rien ne l'est plus, mais entre les deux nous conservons la possibilité de créer.

Tandis que toi et moi créons cette histoire chacun de notre côté, donc, j'aimerais te demander comment tout cela s'est passé. Te demander qui te prenait par la main quand tu avais de la poussière dans les yeux ou courait se mettre à l'abri de la pluie avec toi. J'aimerais m'attarder ici un moment en ta compagnie ou, si cela est impossible, transcender – avec ta permission – ma présence à tes côtés ici en ta propre création, qui est pour moi tellement attirante et mystérieuse. Que je ne sois pas en mesure de le faire ne m'empêche pas de l'imaginer, et n'est-ce pas étrange ? Quand j'imagine, je ressens. L'empathie, c'est vraiment un drôle de truc.

Pour illustrer ce constat, considérons un poisson qui se trouve dans l'impossibilité d'éructer. Nous le voyons maintenant suspendu dans son bocal, flottant idéalement dans un ciel gonflé de nuages. Pourtant son eau est si transparente que sans le verre elle serait invisible et ce serait comme s'il volait dans les airs, propulsé par ses petits ailerons-nageoires. Il a échappé aux océans, aux lacs, aux étangs et maintenant il plane, libre, baignant dans la lumière et la chaleur du soleil. Et pourtant il n'est pas à son aise, pas du tout : il a une crampe, une bulle coincée dans son œsophage de poisson. Aussi céleste et angélique qu'il paraisse, il souffre. Il lutte. Et compatissons-nous avec lui de tout notre cœur ? Oui, nous compatissons. Rote, cher ami ! Pourquoi ne rotes-tu pas ?

Pendant ce temps, directement en dessous de ce drame ichtyologico-aérien, la hauteur d'une montagne en contrebas pour être très précis, et donc de retour sur terre, un vieil homme vit dans une petite maison de ville avec une vieille femme. La jolie fille et toi, vous vous êtes installés ensemble. Elle, elle a perdu une locataire, et quant à toi, ton esprit a commencé à légèrement divaguer, non pas sans arrêt certes, mais il t'arrive de ne plus savoir où tu es, et pour cette raison résider dans un hôtel est devenu problématique. Si vous ne partagez pas une chambre, la jolie fille ne l'ayant jamais fait jusqu'ici et estimant qu'il est un peu tard pour commencer, vous passez ensemble la majeure partie de vos journées, que ce soit dans la gaieté ou les ronchonnements, en silence ou en vous réconfortant mutuellement, et de vos nuits quand vous êtes l'un et l'autre d'humeur. Vous avez aussi mis en commun vos économies de plus en plus réduites et érodées par l'inflation.

Comme vous vous aventurez moins souvent au-dehors, les seuls êtres que vous voyez régulièrement sont la locataire restante, l'actrice, ainsi que l'homme à tout faire de la jolie fille, qui t'assiste dans tes mouvements quand tu es désorienté et, bien qu'il n'y ait aucune ressemblance physique entre eux, te rappelle ton père, peut-être parce qu'il est serviable, qu'il a un statut de domestique et qu'il approche de l'âge auquel celui-ci est décédé.

Installé dans un fauteuil dont le rembourrage a été refait, un journal ouvert sur les genoux, la musique que la jolie fille écoute en fumant et en marquant le rythme de la tête à plein volume dans tes oreilles, savourant la température clémente d'un après-midi d'automne, tu as la surprise d'entendre la sonnette d'entrée résonner et de te retrouver soudain en présence de ton fils. Tu avais oublié qu'il allait venir. Te levant pour l'accueillir, tu es pris dans des bras qui t'enlacent à la fois impétueusement et avec une délicatesse protectrice. Il embrasse la jolie fille sur la joue et elle aussi perçoit l'ondulation du temps qui passe en voyant devant elle un reflet de toi dans ta jeunesse, quoiqu'il constitue une version mieux habillée et dotée d'une démarche efféminée peu ressemblante à celle qui était la tienne. Elle lui offre une cigarette et elle a l'air ravie qu'il l'accepte. Tu sens qu'elle aime déjà bien ton garçon, ce qui te remplit de joie. Il a encore grandi, quoique ce doive être un phénomène plutôt rare chez un homme de trente ans, et même assis il te domine de sa taille.

C'est sa première visite depuis de nombreuses années, car il a finalement obtenu la citoyenneté de son nouveau pays et il est libre de voyager dans le monde. Tu essaies de dominer le ressentiment latent que sa décision de s'éloigner aussi drastiquement de toi continue à t'inspirer. Tu éprouves un amour que tu te sais à jamais incapable de lui expliquer ou de lui exprimer de manière adéquate, un amour qui coule dans un seul sens, de la génération précédente à la suivante, un amour qui ne sera compris et rendu que lorsque le jeune homme d'aujourd'hui sera transformé en aîné par le temps. Il te raconte qu'il vient de voir ton ancienne épouse. Elle va bien, dit-il, des larmes de joie et des démonstrations d'affection ont accompagné leurs retrouvailles, il avait accepté de ne pas mentionner certains aspects de sa vie et elle-même s'est abstenue de lui poser des questions à ce sujet.

Le mois suivant, la jolie fille et toi êtes emportés dans un tourbillon de soirées animées, surtout à la maison où ton fils fait la cuisine pour vous ou rapporte un film, mais aussi dehors, quand il vous invite à deux reprises dans des restaurants qu'il a choisis, des établissements élégants à la décoration dernier cri où il règle l'addition avec sa carte de crédit. Et puis il repart, et ton univers se réduit à nouveau au cadre domestique. Il t'a laissé une certaine somme en liquide, ce qui est bienvenu car une explosion dans une villa voisine, que la rumeur disait avoir été utilisée par un service de renseignements pour y détenir et interroger des suspects, brise les vitres de vos fenêtres et cet argent te sert à les remplacer.

La ville, derrière elles, est un espace de plus en plus mythique qui s'immisce dans ton petit monde sous la forme de coupures d'électricité et de gaz, du vacarme de la circulation et de particules en suspension qui t'arrachent au sommeil en pleine nuit, haletant. On peut l'apercevoir entre des rideaux et à travers des grilles en fer, tandis que radio et télévision en rapportent aussi quelques nouvelles, généralement effrayantes mais cela a toujours été le cas.

Souvent, tu as l'impression de te tenir au bord d'un précipice avec la jolie fille et d'observer en contrebas une vallée où la nuit est en train de tomber, une vallée épuisée, desséchée, polluée et sans doute hantée par toutes sortes de mutants squelettiques, pour beaucoup carnivores, et puisque toi-même tu ne manques pas d'appétits carnivores tu sais d'expérience que cette espèce se repaît particulièrement de ce qui est vieux, malade et fragile, trois qualificatifs qui se collent de plus en plus à toi, usant ta peau jadis si souple.

À d'autres moments, toutefois, en bavardant avec un jeune technicien plein de zèle venu réparer votre branchement téléphonique ou en écoutant les conseils avisés d'une pharmacienne qui n'a pas encore la trentaine derrière son comptoir, tu es parcouru par un petit frisson d'optimisme en t'émerveillant de la capacité de résistance et des potentialités de ceux qui t'entourent, en particulier de la jeunesse de cette ville à une époque où toutes les mégalopoles sont unies entre elles par leurs aéroports et leurs câbles en fibre optique, formant collectivement un archipel urbain où le parfum du changement est perceptible même s'il est encore ténu, et qui s'étend non seulement à travers l'Asie mutante mais autour de la planète tout entière.

De manière générale, cependant, tu ne penses pas au monde extérieur et te concentres plutôt sur les petits faits qui se produisent près de toi, dans votre salon et votre cuisine, ou bien sur les fantasmes et les rêves éveillés qui distordent la réalité et que ton cerveau transmet aussi efficacement que n'importe quelle technologie de pointe, quoique avec beaucoup moins de raffinement, ou encore sur la jolie fille avec laquelle tu restes assis des heures durant, alternant commentaires, disputes et éclats de rire. Vous vous êtes découvert l'un et l'autre une passion pour les cartes.

À cet instant, vous êtes installés de chaque côté du canapé, la place du milieu servant de table de jeu. Vous tenez vos cartes près de la poitrine, dissimulées. Un doigt de cendre ridé pend au bout de sa cigarette. Tu soulèves le cendrier afin qu'elle puisse le faire tomber dedans, ne quittant pas sa main des yeux au cas où elle pivoterait et abaisserait son poignet. Tu n'as pas cette chance, aujourd'hui.

« Tricheur, proteste-t-elle.

— Venant de toi, c'est un compliment. »

Le regard de la jolie fille s'attarde sur ta posture, le geste fluide avec lequel tu reposes le cendrier sur le coussin. Tu es un bluffeur-né, indéchiffrable, aussi impassible quand tu reçois une mauvaise donne qu'une excellente. C'est ta force. La sienne vient de ses décisions imprévisibles, de l'instinct qui la pousse à jouer gros ou à perdre gros, à se moquer des probabilités. C'est aussi sa faiblesse. Et même si vous avez tous les deux la mémoire défaillante, vous compensez ensemble ce handicap par une intensité qui couve comme un feu lent.

« Je te relance, petit mec.

— Très bien, très bien. Ça m'indique exactement ce que j'avais besoin de savoir.

— Mais oui, mais oui, fait-elle en levant un sourcil effilé.

— Tu vas voir, jolie fille. »

Tu demandes à voir. Tu as gagné. Un coup de chance, rien d'autre.

La main en coupe, tu balaies vers toi le tas de jetons, à l'origine des pièces de backgammon qui sont douces et fraîches sous les doigts, surtout des blanches mais avec deux ou trois noires. Elle se lève pour aller se servir un verre de limonade.

« Ça doit faire mal », remarques-tu.

En son for intérieur, elle bouillonne. Mais elle t'adresse un sourire malicieux. « Ce n'est pas encore fini. »

Revenue à sa place, elle pose le verre sur l'accoudoir et t'observe pendant que tu bats les cartes. Ton regard est concentré comme celui d'un mécanicien en train de démonter un moteur, sans une trace de ce brouillard qui parfois envahit brusquement tes pupilles. Elle se penche en avant et attend. Tu remarques sa position. Vous vous embrassez.

Quand la mort de la jolie fille survient, elle est heureusement rapide, le cancer s'étant déjà développé du pancréas au reste de son organisme au moment du diagnostic. Son médecin est étonné qu'elle paraisse aussi bien à l'extérieur. Il lui donne trois mois mais elle ne tient qu'un et demi, refusant de renoncer à la cigarette jusqu'à la fin, jusqu'au stade où même respirer devient un effort. Comme l'hospitaliser ne servirait à rien, elle passe ses dernières semaines à la maison, assistée par une infirmière, son factotum et bien sûr toi, qui pars péniblement en chasse de ses films préférés pour qu'elle les regarde une dernière fois. Elle qui n'avait jamais été très amatrice de câlins prolongés se blottit maintenant contre toi et te laisse caresser ses rares cheveux blancs, mais tu ne sais pas au juste si c'est pour être réconfortée ou pour t'apporter du réconfort.

« Je ne veux pas que tu sois seul, te dit-elle un après-midi pendant que vous buvez votre thé.

— Je ne le serai pas. » Tu voulais ajouter qu'il y aurait son domestique, sa locataire et ton fils au téléphone, mais tu n'as pas la force de former les mots.

Si les médicaments ne dissipent pas sa souffrance, ils la rendent moins centrale, laissant place au désir de se détacher du monde. Maintenant qu'elle approche de sa fin, il lui coûte d'être touchée, une présence aimante l'agace comme le fil de chair rattachant encore à la mâchoire une dent de lait sur le point de tomber. Un besoin presque biologique de s'en aller la saisit, aussi fort peut-être que celui d'accoucher, et dans les derniers jours, seul le respect pour ce qu'il y a eu entre vous, autrement dit l'amour, la pousse à lever les yeux de son labeur pour te gratifier d'un sourire ou presser ta main dans la sienne.

Elle meurt par un matin venteux, les yeux ouverts. Tu organises l'enterrement dans un cimetière appartenant à sa communauté ; elle n'avait probablement pas grand-chose à voir avec eux mais tu ne sais pas où elle pourrait être inhumée ailleurs que là. En plus d'un prédicateur, de deux fossoyeurs et d'un groupe de pleureuses professionnelles qui se trouvaient là et qui sanglotent et gémissent avec un zèle remarquable, vous n'êtes que trois à assister aux obsèques.

L'actrice qui avait été la locataire de la jolie fille continue à cohabiter avec vous quelque temps, mais en dépit de la modicité du loyer elle finit par s'en aller, mal à l'aise dans une maison où il n'y a que des hommes. Le factotum reste, en partie par fidélité envers la mémoire de la défunte mais aussi parce qu'il est facile de te rafler de l'argent. Tu ne lui en veux pas. Tu agirais de même, dans sa situation. C'est la prérogative du pauvre. Au contraire, tu lui es reconnaissant de son aide, de son refus de t'arracher par la force les quelques affaires que tu possèdes encore. La pression de l'eau a tellement diminué que remplir la baignoire demande une éternité, de sorte qu'il faut te laver à l'éponge, assis tout nu sur un tabouret en plastique dans ta salle de bains et lâchant parfois un pet prodigieux, corvée à laquelle il se plie sans broncher, deux fois par semaine.

Et ce jusqu'au jour où tu te réveilles dans un lit d'hôpital, relié à des interfaces qui dispensent de l'électricité, du gaz et des liquides. Ton ex-femme et ton fils sont à ton chevet et ils te paraissent un peu trop jeunes, alors tu as un moment de panique parce que c'est comme si tu n'avais jamais quitté le milieu hospitalier, comme si les cinq dernières années de ta vie n'avaient été qu'un mirage. Et là, la jolie fille entre dans la chambre. Elle aussi est un peu trop jeune ; serait-ce qu'elle vient d'apprendre ton infarctus et qu'elle est arrivée en hâte de sa belle demeure au bord de la mer ? Cela n'a pas d'importance, maintenant : elle est là, elle vient à toi, elle ne parle pas et les autres ne remarquent pas sa présence, elle prend ta main et tu te prépares à t'en aller, les yeux ouverts, conscient de nager en pleine illusion, un ultime effluve libéré par le bouillon chimique qu'est devenu ton cerveau, lequel va bientôt cesser de fonctionner, et alors il n'y aura plus rien, et tu es prêt, tu es prêt à mourir comme il faut, à mourir comme un homme, comme une femme, comme un humain, parce que malgré tout tu as aimé, tu as aimé ton père, ta mère, ton frère, ta sœur, ton fils et, oui, ton ex-femme aussi, et tu as aimé la jolie fille, tu es allé au-delà de toi même et donc tu as du courage, et de la dignité, et tu peux rester calme face à l'effroi, face à la sidération, et la jolie fille te tient par la main et tu l'englobes, elle et ce livre et moi en train de l'écrire, et moi aussi je te contiens, toi qui n'es peut-être même pas encore né, toi en moi en toi, sans pour autant que cela soit scabreux, et ainsi puisses-tu, et moi, et nous, ainsi puissions-nous tous nous confronter à la fin.

Table

Mohsin Hamid
dans Le Livre de Poche

L'Intégriste malgré lui n° 33473

Lahore, Pakistan, de nos jours. Un homme est assis à la terrasse d'un café. Le jeune Tchenguiz l'aborde, croyant reconnaître en lui un Américain. D'emblée, il lui dit son amour inconditionnel des États-Unis, s'assied à côté de lui, puis se lance dans un long récit. Il raconte comment il a accompli son rêve d'enfance en partant faire ses études aux États-Unis. Brillant diplômé de Princeton, engagé sans embûche par une prestigieuse entreprise, il a aussi rencontré l'amour : Erica, blonde aux yeux bleus. Bref, une success story à l'américaine, et un modèle d'intégration. Mais un jour, le 11 septembre 2001, tout a basculé. Ce fut le début d'une longue fuite en avant... Dans ce monologue tout en fausse candeur, Mohsin Hamid pose des questions humaines, sociales et politiques fondamentales sur notre monde actuel, sur les relations entre les peuples et les individus, et sur le sens toujours trouble de nos identités et de nos ambitions.

PAPIER À BASE DE FIBRES CERTIFIÉES

Le Livre de Poche s'engage pour l'environnement en réduisant l'empreinte carbone de ses livres. Celle de cet exemplaire est de :
250 g éq. CO_2
Rendez-vous sur www.livredepoche-durable.fr

Composition réalisée par PCA

Achevé d'imprimer en août 2015 en France par
CPI BRODARD ET TAUPIN
La Flèche (Sarthe)
N° d'impression : 3012675
Dépôt légal 1re publication : septembre 2015
LIBRAIRIE GÉNÉRALE FRANÇAISE
31, rue de Fleurus – 75278 Paris Cedex 06

61/8893/4